CIDADE DO MEDO

MISTÉRIOS DE CARTER THOMPSON LIVRO 2

SEAN O'LEARY

Traduzido por
NELSON DE BENEDETTI

Eu tento deixar de fora as partes que os leitores pulam.

ELMORE LEONARD.

CAPÍTULO UM

Carter Thompson havia passado boa parte da noite anterior jogando pôquer na sala dos fundos de um bar de narguilé na Estrada Enmore. Um jogo apenas para convidados, onde ele ganhou, se não uma quantia enorme, pelo menos dois meses de salário para um Cara médio que empilhava prateleiras ou fazia a coisa do 7-11.

Seu celular estava tocando. Ele acordou, estendeu a mão por baixo do edredom, pegou-o na cômoda, só conseguiu derrubá-lo no chão. Colocou a cabeça de volta sob o edredom.

Sorriu.

Abraçou a si mesmo.

Eram três da tarde.

O celular tocou novamente. Ele jogou o edredom para trás, abaixou-se, pegou o celular, cutucou o círculo verde com o dedo médio e disse, 'Sim, Thompson.'

'Carter Thompson?'

'Sim.'

'Podemos nos encontrar?'

'Quem é?'

'Sua advogada me disse para ligar para você. Eu quero contratar você. Para encontrar minha filha.'

'Minha advogada?'

'Chantal Adams. Isso é urgente, Senhor Thompson.'

'Ah, essa advogada. Certo, urgente.'

Eles eram todos fodidamente urgentes.

Chantal tinha sido um erro.

'Olha, eu tenho o seu número agora. Deixe-me juntar minhas coisas. Ligo para você em mais ou menos uma hora, certo?'

'Sim, por favor me ligue. Eu não sei mais o que fazer.'

'Qual o seu nome?'

'Doug Lever. Por favor ligue.'

'Uma hora, sem problema.'

———

Cash levantou-se nu, sua namorada Aimee estava na cama com ele quando ele adormeceu. Ela estaria trabalhando em um café onde trabalhava como garçonete na Rua King, Newton. Ele caminhou até a cozinha, balançou a cabeça, mudou de ideia. Entrou no banheiro, direto para o chuveiro, abriu o quente, ajustou-o com o frio. Encostou-se na parede do chuveiro enquanto a água o esmurrava. Terminado, enxugado. Olhou no espelho. Ainda suave, pele morena clara. As mulheres o achavam bonito: covinha no queixo, olhos cor de chocolate, alto. Cabelos castanhos escuros cortados à moda antiga, curtos atrás e nas laterais. Voltou para a cozinha. Encontrou cápsulas, cápsulas fortes, número 12, enfiou uma na máquina, abriu a geladeira, pegou um copo plástico cheio de leite numa prateleira lá. Colocou tudo em movimento. Ele odiava máquinas de café adequadas, muita bagunça. Ele usou o micro-ondas, não o vaporizador porque o vaporizador nunca esquentava o leite o suficiente. Recarregou a máquina com uma segunda cápsula número 12, café... forte agora.

Ele se sentou a uma mesa de cozinha Laminex vermelha em uma cadeira estofada vermelha. Ideia de Aimee, embora ela não morasse lá. Ele comprou a casa em Erskineville depois que um tio morreu um ano antes. Não totalmente, ele tinha uma *pequena* hipoteca de acordo com o banco. Pequena sendo duzentos K. Um tio que ele mal conhecia.

Cash era um indígena, Gadigal, ex-investigador do Ministério Público. Chamado Carter, apelidado de Cash porque andava na linha. Ele tinha sua licença de agente de investigação privada agora, trabalhava como freelancer. Ele gostava de pegar e escolher trabalhos em vez de ser designado para eles, como fazia no Ministério Público. Seu tio havia sido pescador de pérolas em Broome. Ele havia subido lá uma vez quando era adolescente. O tio pagou a viagem. Cash teve uma vida difícil em Redfern; seus pais eram boas pessoas, mas o dinheiro era escasso. Seu tio era um grande sujeito, um verdadeiro larrikin, que valia uma fortuna. A viagem tinha sido a melhor coisa de sua vida. Seu tio deixou a fazenda de pérolas e uma casa para seu filho, outra casa menor para Cash, que a vendeu, comprou Erskineville, que era uma pequena casa geminada a algumas ruas da Estrada Enmore.

Ele queria um cigarro. Ele reduziu de um maço por dia para apenas dez ou doze, espaçados uniformemente durante o dia. Treinava na

Academia Hector em Redfern. Nomeada após Hector Thompson, nenhuma relação. Fazia treinamento de boxe. Mas aquele primeiro cigarro do dia era o que ele mais desejava. Era julho, um frio congelante, mas Aimee voltaria mais tarde; ela sentiria o cheiro, então ele vestiu uma calça jeans, um blusão, sentou-se no degrau dos fundos, fumou ali, tomou seu café.

Filha desaparecida, ele pensou. Doug Lever. Nunca escutei dele. Ele teve um caso de uma noite com Chantal que se transformou em um caso que Aimee descobriu, queria cortar suas bolas. Levou meses implorando para recuperá-la. Ele tinha quarenta e quatro anos, tinha uma esposa, filha também. Separado de ambas. Sua vida já era confusa o suficiente antes mesmo de conhecer Chantal. A coisa era que ela era boa para trazer o trabalho. Ela era advogada de um grande escritório que tinha escritórios na Broadway, naquele prédio enorme que tinha vegetação crescendo por todas as paredes externas e por cima. Deve ser a construção do futuro ou algo assim. Parecia bom, ele tinha que admitir isso. Seu escritório ficava no alto com vista para a cidade, um vislumbre do famoso porto.

Ele tinha o hábito de caminhar até um café turco na Estrada Enmore. A garota que trabalhava lá tinha olhos castanhos enormes, aqueles *outros* olhos asiáticos. Como diamantes escuros. Sua namorada Aimee era sino-australiana com olhos de gato. A garota turca era jovem, tensa, bonita e sedutora. Ele poderia fumar na frente. Dois cigarros eram sua alocação ali. Ficava perto do Café Sofia, que estava sempre cheio de gente vestida de preto, deixando-o também vestido de preto, mas sozinho com tempo e espaço para pensar. Ele estava vestindo jeans preto, camisa azul escura, paletó preto, Docs nos pés.

Ele estava sentado lá agora, olhando para Azra enquanto ela se afastava dele. Ela tinha vinte e três anos, apaixonada por um cara chamado Rusty, que tocava em uma banda. Cash nunca o conheceu. Não queria. Isso estragaria suas fantasias. Ele sorriu ao pensar nisso. Acendeu um cigarro, tomou um gole do café turco forte e açucarado. Seu celular tocou. Ele olhou para ele. Steele, seu ex-chefe do Ministério Público. Ele não tinha notícias dele há pelo menos um ano. Pensava que ele poderia ter ido embora de sua vida.

Ele respondeu: 'Sim, Thompson.'

'Carter?'

'Senhor Steele.'

'Como vai você?'

'O que posso fazer para você?'

'Quero contratá-lo.'

'Como parte de sua equipe ou...'

'É pessoal.'

'Não é tudo?'

'Meu filho pode estar usando heroína. Pelo menos, sua irmã pensa que ele está. Pode estar vendendo também. Ele mora em uma casa compartilhada em Glebe. Fazendo bacharelado, especializando-se em política. Ele é superinteligente, ainda obtendo ótimas notas. Não sei como dizer isso, hum...'

'Diga, chefe.'

'*Chefe?* Velhos hábitos, Carter?'

Um segundo.

'Eu o quero limpo. Não só por ele. Significa que posso ser pego. Influência e assim por diante. Uma posição ruim para mim. Criminosos sendo criminosos.'

'Você parece mais preocupado com você do que com ele.'

'Olha, os usuários de heroína passam por uma fase de lua de mel, mas quando isso acaba, o dinheiro se torna um problema, ele começa a dever dinheiro. Influência. Chantagem.'

'Entendo. Parece que você vai chegar cedo.'

'Adam é inteligente para livros, não inteligente para a vida, ainda não. Morando em uma casa compartilhada, ele crescerá ou será arrastado para baixo. Se ele estiver usando heroína, as contas entram em jogo. Os membros da casa estão usando? A irmã dele me disse que o lugar tem uma reputação. De festejar, de traficar. Mais uma vez, não tenho certeza de nada.'

'Me mande uma mensagem com o endereço da casa. O número do celular da sua filha. O número do celular de Adam.'

'Então você aceitará o trabalho.'

'Quatrocentos por dia, mais despesas. Uma semana de antecedência; dinheiro vivo se você tiver. O nome da sua filha também. Desculpe, esqueci.'

'Lily.'

'Doce nome. Qual a idade dela?'

'Vinte e três.'

'Adam?'

'Um ano mais novo.'

'Vou mandar meu primo ao seu escritório pegar o dinheiro da primeira semana em algumas horas. Você ainda trabalha até tarde?'

'Trabalho. Terei o dinheiro.'

'Bom ouvir sua voz de novo.'

'Você também, Carter.'

Cash encerrou o telefonema. Ele tinha alguns trabalhos de cobrança de dívidas que fazia com a ajuda de seu primo mais novo. Nome de Mick Birch.

Ele telefonou para ele agora.

'Carter.'

'Sim, Mick, preciso fazer aqueles pequenos trabalhos de coleta agora. Tudo bem você ir?'

'Sim, me pegue.'

'Estarei aí em meia hora.'

Ele teve que caminhar de volta para casa, pegar o velho Valiant Safari. Um sedã branco, aquele com o famoso motor slant six, seis cilindros inclinados. Tinha venezianas pretas na janela traseira. Bancos dianteiros e traseiros. Nenhum cachorro acenando.

Em meia hora, ele estava do lado de fora de sua antiga casa popular em Redfern. Seus dois primos começaram a alugá-la em um acordo não oficial, mas o governo concordou que o primo mais velho, Aaron, poderia ser o novo proprietário. Aaron era um estudante profissional. Seu último curso foi serviço social na UTS na Broadway. Mick estava esperando na frente quando Cash parou. Ele era alto, esguio, de pele mais escura do que Cash, com uma mecha de cabelo preto e encaracolado. Bigode grosso de Zapata também. Ele entrou no carro, colocou o cinto de segurança, olhou para o primo e disse, 'Algum idiota?'

'Pode ser um. Ele é um cara Turco chamado Andy Sadak. Deve dez mil ao meu amigo Eyden. Um empréstimo para o qual os juros estão subindo vertiginosamente todos os dias. Eyden diz que ele tem o dinheiro, mas não gosta de se desfazer dele, a menos que seja necessário. Nós tornamos necessário.'

'Andy, esse é um nome Turco da nova onda?'

Cash sorriu, não pôde evitar. 'Sim, Andy, muito turco. Eyden é um amigo meu. Nós fazemos isso primeiro, então os outros dois são simples. Ambos para o Carros Usados de Don. Três mil um e dois mil o outro. Ambos casados. Um mora em Ultimo, o outro em Annandale. Caras brancos.'

'Onde mora o cara Turco?'

'Bondi Junction. Um daqueles arranha-céus horríveis. Vamos,' disse ele, pondo o Safari em drive na alavanca da coluna.

Eles chegaram lá em meia hora. Trânsito fácil, uma coisa única em Sydney. Cash estacionou do lado de fora do arranha-céu onde Andy morava. Inclinou-se sobre o primo, abriu o porta-luvas, tirou uma Glock 9 mm e disse a Mick, 'Para o aperto.'

'Entendi.'

Ambos saíram. Cash olhou para a rua, verificou o CFTV, nenhum por perto, enfiou a arma no coldre sob o paletó preto. Eles entraram pelas portas elétricas quando alguém saiu. Nenhum guarda de segurança ou porteiro presente. Pegaram o elevador até o décimo andar. Cash disse, '1008.'

Eles caminharam pelo corredor até chegarem ao final. Mick deu um passo à frente, bateu à porta com força com o punho duas vezes, alto. Nervosamente, eles sorriram um para o outro, esperando por ação. Cash lembrou que se esqueceu de telefonar de volta para Doug Lever.

A porta se abriu. Uma mulher de jeans largos, camiseta preta, peito achatado, sem sutiã, dentes lascados, quebrados, parada ali, com os olhos avermelhados, algumas feridas no rosto, disse, 'Que porra vocês querem?'

Cash deu a Mick um olhar de fique frio. Mick

baixou a cabeça e sorriu para si mesmo; que desastre, pensou. Cash disse, 'Andy está em casa?'

'Sim.'

'Quero falar com ele.'

Ela olhou para eles como se fossem do espaço sideral ou algo assim, disse, 'Sim, hum, espere.'

Ela voltou para a sala, eles mal a ouviram dizer, 'Dois caras procurando por você.'

Lá dentro, Andy acenou com a cabeça para ela. Ela voltou para a porta, 'Entrem.'

Os dois entraram. Andy vestia jeans velhos e uma camisa de flanela xadrez azul e preta. Os mesmos olhos injetados e dentes fodidos da garota. Por que Eyden não disse a ele que eles eram viciados em cristal? Andy estava parado no corredor. Cabelo preto, magro, nervoso, espasmódico, chapado como a namorada. Ele disse, 'Você veio buscar o dinheiro para Eyden?'

'Sim,' disse Cash. 'Podemos fazer isso rapidamente? Preciso estar em outro lugar.'

'Sentem-se,' ele disse sorrindo, olhou para a garota que sorriu de volta, disse, 'Você está bem, querida?'

'Eles querem o dinheiro.'

Cash e Mick não se sentaram; eles ficaram no corredor estreito de frente para Andy e a mulher. Cash se virou para olhar para Mick. A garota viu o coldre e disse bem alto, 'Pistola, arma, ele tem uma porra de arma.'

Andy olhou em volta. Sua cabeça tiquetaqueava nervosamente, boca seca, mas saliva nos cantos da boca. Ele enfiou a mão atrás dele por baixo da camisa, tirou uma arma, apontou para Mick, Cash disse: 'Não. *NÃO. NÃO.*'

Ele atirou, atingiu Mick no alto do lado direito do peito. A garota se virou, olhou para Andy e disse,

'Porra, porra, ha-ha-ha. Você atirou nele, ha-ha-ha.'

Cash sacou a arma, atirou duas vezes na coxa do cara e enfiou uma terceira bala no joelho. A arma caiu da mão de Andy. Ele caiu no chão, o rosto virado, contorcido, gritando. A garota continuou rindo. Cash atirou nela também, mas no estômago; ela ficou imóvel, olhando para Cash. Levou a mão à barriga, sentiu o sangue, olhou para a mão. Correu para Cash. Ele atirou novamente na coxa dela, duas vezes. Ela continuou tentando correr para ele, mas caiu. Cash balançou a cabeça, abaixou-se por alguns segundos, respirou fundo; ele não conseguia ver, não conseguia pensar, levantou-se, correu para pegar a arma caída. Colocou-a no bolso do paletó. Uma coisa antiga de cano curto. Foi até Mick, colocou o braço em volta dele e sussurrou, 'Você vai ficar bem, cara, você vai ficar bem.'

Andy estava a alguns metros de distância, gemendo. A boca da garota gorgolejou com sangue. Ele queria atirar nela novamente, matá-la. Ele digitou ooo em seu celular. Segurou Mick com a outra mão. 'Ambulância,' disse ele, deu o endereço, pediu a polícia também, dizendo que era um tiroteio.

Andy deitou no chão olhando para o telhado, se contorcendo como se fosse se levantar, tentar alguma recuperação sobre-humana, ir atrás de Cash. A garota não se mexia mais, deitada no chão, gemendo baixinho. Cash agora esperava como o inferno que ela não morresse. Ele não queria enfrentar uma acusação de homicídio culposo. Ele tinha atirado na barriga dela porque não queria errar, tinha aprendido a atirar na academia de polícia, mirar na coxa se quiser derrubar, parte mais grossa da perna mas ele queria machucá-la, colocar o medo nela. Cash segurou Mick, cujos olhos estavam fechados, enquanto ele observava os dois perdedores movidos a cristal até a ambulância e os policiais chegarem. Ele estava exausto de tudo. Sacudindo um pouco. Ele ligou para Steele e disse, 'Preciso de você, chefe.'

Seu primo era como um filho para ele.

Quando os paramédicos finalmente chegaram, eles o viram, abraçado a Mick, ainda falando com ele, a mulher enlouquecida deitada a seus pés gemendo, a outra viciado a apenas dois metros de distância, gemendo no tapete.

CAPÍTULO DOIS

Cash saiu da Delegacia de Polícia de Waverly na Estrada Bronte. Ele passou algumas horas lá sendo interrogado por um Detetive Milano. Steele tinha muita influência. Milano não gostou disso. Não gostava que lhe dissessem o que fazer. Sua primeira pergunta foi, 'Você tem licença para a Glock?'

'O que você acha?'

'Você tem licença para a Glock?'

'Sim.'

'Conte-me o que aconteceu desde o momento em que você bateu à porta.'

Era uma pergunta justa, mas Cash já havia contado a eles no local.

'Jesus.'

E assim por diante. Fez Cash passar por cima disso. Milano não conseguiu segurá-lo. Chantal também o encontrara lá. Atuou como sua advogada. Ele não tinha sido acusado de nada. Mick estava na UTI, a cadela viciada em cristal também. Andy, o atirador, estava no hospital começando a sofrer de abstinência; havia um policial uniformizado do lado de fora de sua porta. Ele foi algemado à cama. Foi dada morfina para a dor e abstinência. Haveria um policial lá 24 horas por dia, 7 dias por semana. Não havia chegado ao noticiário, ainda não... talvez nunca.

Chantal levou Cash de volta para seu carro em Bondi Junction. Ele tinha uma multa. Arrancou-a do para-brisa, amassou-a e atirou-a para a sarjeta. Chantal disse, 'Como sua advogada, aconselho você a pegar, colocar no carro e pagar depois, para não encontrar trava de roda no seu carro.'

'Foda-se,' disse ele, foi até a sarjeta e pegou. 'Que show de merda foi aquele.'

'Me diga de novo.'

'Meu amigo não me disse que esse cara era um viciado em cristal. Espero que ele não saiba por que se soubesse, eu poderia, ah foda-se. Eu tenho que ir para casa. Tomar uma bebida, talvez pegar um pouco de maconha. Não sei. Qual é a melhor droga para esta situação, você diria?'

'Meu lugar pode ser melhor.'

'Pode ser, mas eu não posso entrar em mais merda hoje, sério. Liguei para meu outro primo. Ele não está feliz. Ele está no hospital. Culpa-me, eu acho. Justo, eu acho.'

'Podemos conversar um pouco aqui, se você quiser. A que horas sua senhora chega em casa?'

'Depois das dez. O que é agora? Sete, hum. É melhor eu ir para casa. Obrigado por sua ajuda na delegacia.'

'Você parece muito ligado, Cash. Tem certeza que está bem para ir para casa sozinho? Também não estou tirando sarro. Isso é uma coisa séria. Talvez a pior que você já enfrentou desde que te conheço.'

'Vou até sua casa até as nove e meia. Então vou para casa para Aimee. Ainda não liguei para ela. Não é algo que você possa explicar facilmente pelo telefone.'

'Não.'

————

Eles pegaram carros separados para a casa de Chantal em Surrey Hills. Era um antigo armazém perto da linha do trem. Um loft, ela chamava. Espaço industrial é como os agentes imobiliários poderiam chamá-lo. Enorme plano aberto, interior de tijolos aparentes, vigas de madeira expostas, dois grandes e caros sofás de couro. Um verde escuro, o outro preto. Uma bancada de madeira monstruosa na cozinha. Uma enorme mesa de jantar de madeira em um espaço separado. Forno de última geração, micro-ondas de última geração, geladeira, todos os utensílios conhecidos pelas mulheres. Lâmpadas nuas penduradas no teto. Enorme, *enorme* TV inteligente em um canto distante com outro enorme sofá de couro preto em frente a ela. Uma pequena mesa de centro com três controles remotos. O quarto era protegido por telas, mas Cash o conhecia bem.

'Como você está se sentindo?' Chantal perguntou a ele.

'Espero que os dois não morram. Meu primo porque eu o amo, a garota porque seria um grande problema.'

'Não é nada que eu não consiga tirar você. O apartamento era uma merda, certo? Ambos estavam afetados pelo cristal, obviamente viciados. Cristal e utensílios para fumar foram encontrados na sala de estar, no quarto e no banheiro. Havia algumas linhas de anfetamina na bancada da cozinha. Os policiais tiraram fotos de tudo. Um juiz, um júri os vê, aquele apartamento de merda.'

'Eu esqueci o quão boa você era, mas Mick, merda, seu irmão quer uma explicação. A mãe dele em Dubbo provavelmente quer me matar.'

'Você não pode fazer nada agora. Disseram que a bala acertou a clavícula, levando também um pouco de carne. Não o coração. A mulher eu não sei.'

'Ela estava rindo quando o cara, Andy, atirou em Mick. Continuou rindo enquanto eu atirava em Andy. Achei hilário. Essa porra de droga, o que ela faz com as pessoas.'

'Você quer uma bebida?'

'Água.'

'Não algo mais—'

'Não.'

Cash era bom. Ele não chegou perto dela, mas ele queria. Queria muito. Ele estava cheio de raiva. Queria fodê-la fora de seu sistema. Mas ele bebeu água. Eles não conversaram muito. Ele saiu às nove e meia, como disse que faria.

Abriu a porta da frente e caminhou pelo corredor de madeira até a cozinha. Aimee estava sentada à mesa vermelha de Laminex em uma cadeira estofada vermelha. Ela disse, 'A mãe de Mick ligou três vezes para o telefone fixo. É melhor ligar para ela.'

'O que ela disse?'

'Nada para mim. Você vai me dizer o que está acontecendo?'

Ele tirou um cigarro do maço de Marlboro Lights e disse, 'Não vou fumar. Apenas um adereço, ok?'

'Ok.'

'Mick foi baleado.'

Os olhos de gato dela se arregalaram. Ela piscou algumas vezes. Ela estava vestida com calças cinza, uma camiseta preta larga, seu longo cabelo preto brilhante preso em um coque. Ela balançou para trás; seus seios se moveram por baixo da camiseta. Ela perguntou, 'Como? O que aconteceu?'

'Eu tinha um trabalho de cobrança de dívidas para Eyden. O cara e sua namorada eram viciados em cristal. Deu errado, muito mal. Eu não sei, merda. Eu atirei no cara depois que ele atirou em Mick. Eu atirei na garota também.'

'Carter, o quê? Não? Não? A polícia. O que aconteceu? Que horas eram?'

'Mick está vivo. Ele está na UTI do Hospital St Vincent. O viciado em cristal, o cara em quem atirei, está sob proteção policial no hospital. A moça, namorada dele, também está na UTI. Fui à Delegacia de Polícia de Waverley. Eles me deixaram ir. Liguei para Steele. Ele ajudou muito. O policial, Milano, não gostou, mas acho que ele sabia o que aconteceu. Que os viciados em cristal enlouqueceram foi o que aconteceu. Mas ele queria ticar tudo em cada pequena coisa. Fiquei lá por duas horas.'

'Porra. Você não me ligou?'

'Não é algo que eu queira explicar ao telefone.'

'Ah, que tal um advogado?'

Ele olhou para as tábuas de madeira do assoalho.

'Você não fez?'

'Para quem mais eu vou ligar?

O celular de Cash tocou. Ele não reconheceu o número. Mas achou melhor atender. 'Sim, Thompson.'

'Você não me ligou de volta.'

'Quem é?'

'Doug Lever.'

'Oh, merda, me desculpe, Senhor Lever. Dia ruim, dia chocante. Podemos nos encontrar amanhã?'

'Sim, por favor, cada minuto de cada dia importa agora.'

'Você conhece o Cinema Valhalla em Glebe?'

'Sim.'

'Há um café ao lado. Encontre-me lá às nove da manhã. Mesa externa. Estarei de camisa vermelha, paletó preto, sentado sozinho.'

'Obrigado, obrigado. Eu... falo sério, eu... obrigado.'

'Vejo você lá às nove, Senhor Lever.'

Aimee olhou para ele. Disse, 'Desde quando você encontra pessoas às nove da manhã? Você dorme até—'

'Estarei no hospital para ver Mick às sete, o que significa que nove não é muito.'

'Eu te amo, Cash. Mas se você encontrar aquela cadela Chantal sozinho novamente, vou cortar suas bolas.'

'Entendido. Mas ela será minha advogada nesta. Ela é uma pitbull. Eu preciso dela no meu canto.'

'Se você a encontrar, eu vou com você e nunca na casa dela. Aquele pedaço de merda da moda em Surrey Hills. Aquele maldito loft onde—'

'Mick está no hospital. Podemos deixar para lá, por favor?'

'Ela deu de ombros. Ele disse, 'Vou fumar mais por algumas semanas enquanto tudo isso acontece. Estou te dizendo por que—'

'Vá em frente, você faz o que quer, afinal. Talvez eu vá para casa.'

'Oh.'

'Dar-lhe algum espaço.'

'Ah... tudo bem. Quando te verei?'

'Eu não vou interestadual. Eu costumo ir para casa algumas noites por semana. Vou mais cedo, só isso.' Ele olhou para ela com olhos de cachorrinho.

'Não faça isso, porra. Não olhe para mim com esses seus olhos de chocolate. Não se levante. Eu estou indo.'

Ele a ouviu fechar a porta da frente. Chantal. Ele não deveria ter dito isso, mas ela teria descoberto de qualquer maneira.

Acendeu o cigarro que tinha na mão, tragou fundo, soprou-o bem à sua frente. Dormir parecia impossível.

CAPÍTULO TRÊS

Cash acordou totalmente vestido ao som do alarme do celular às seis da manhã. Ele estava no sofá azul escuro na sala de estar. Estendeu a mão com cuidado e desligou. Ele havia bebido meia garrafa de uísque Suntory na noite anterior para garantir o sono. Ele telefonou imediatamente para Aaron.

'Ei, Cash, ele está bem. Não está bem, mas ele vai ficar bem. Sinto muito por ter gritado com você e—'

'Ele estava comigo. Eu deveria tê-lo protegido. Não sei. Tudo aconteceu tão rápido. Eu deveria ter...'

'Feito muitas coisas, com certeza. Ele está falando. Lembra o que aconteceu. Aquele policial, Milano, já ligou esta manhã. Eu disse a ele que o médico disse que ele não pode receber visitas e assim por diante. O que há com aquele policial? Olhei para aquele viciado em cristal. Ele está suando, xingando, sacudindo a cama.'

'Foda-se ele. Foda-se Milano. Estarei aí em uma hora. Você sabe alguma coisa sobre a mulher? A outra viciada em cristal aí dentro.'

'A enfermeira me disse que ela não vai morrer.'

'Jesus. Obrigado Cristo. Quero dizer, vejo você em breve.'

Foi até a cozinha, bebeu uns copos d'água, sentiu a cabeça parar de doer a cada gole, como um milagre, mas tomou um daqueles cafés de cápsula dupla para endireitar. Fumou um cigarro na mesa da cozinha. Aimee não estaria por perto, parecia tão... foda-se.

Ele tomou banho, vestiu a camisa vermelha, como disse a Doug Lever que faria. Estava cerca de nove graus lá fora, chovendo um pouco quando ele entrou no carro na frente. Ele dirigiu até lá devagar, abriu a pequena janela triangular do lado do motorista para que pudesse jogar as cinzas no asfalto molhado e brilhante abaixo. Fez uma anotação mental para limpar as cinzas do carro quando ele saísse.

Ele fez isso.

No elevador para o terceiro andar, ele ensaiou o que ia dizer, mas quando viu o rosto úmido de Mick, esqueceu tudo, abaixou-se, abraçou o lado esquerdo e disse, 'Te amo, cara.'

'Eu também, irmão,' sussurrou Mick com a voz rouca, 'você atirou bem naquela vadia... no outro boceta também. Bom trabalho, Cash, bom trabalho.'

'Ei, vamos, vá com calma agora. Descanse, não fale se—'

'Eu posso falar bem, só não consigo respirar,' disse ele, rindo suavemente.

'Como vai, Grande Aaron?' Cash perguntou a ele.

'Cansado.'

Aaron *era* um homem grande. Alto com um peito largo, braços grandes nele. Ele levantava pesos, mas era um cara grande de qualquer maneira. Ao contrário de Mick, ele nunca brigou na escola, nunca xingou muito as pessoas até a noite passada com Cash. Talvez ele tenha guardado isso nos últimos vinte e cinco anos. Ele gostava de jazz, algo que herdou de Cash. Tinha uma namorada grega chamada Nicki. Ela o fogo para o gelo dele.

Mick fechou os olhos e adormeceu.

Cash disse a Aaron, 'Sua mãe está me ligando. Não tenho certeza do que você quer que eu diga a ela.'

'A verdade, mas eu vou ligar para ela de novo, explicar melhor. Ela gosta de você, Carter, fale com ela, ela vai entender.'

'Você quer ir para casa, tomar um banho? Tenho um compromisso às nove, mas posso adiar.'

'Não, Nicki está vindo. Alguém estará aqui o tempo todo com ele. Seus amigos poderão entrar amanhã se ele continuar melhorando.'

'Ótimo.'

'Mas ele não pode mais trabalhar para você.'

'Oh.'

'Você acha que ele deveria?'

'Não. Isso é, uh, você está certo. Ele é esperto. Ele podia fazer todo tipo de coisa.'

'Que bom que você vê dessa forma.'

'Deixe-me dizer adeus a ele.'

Ele se inclinou sobre Mick, beijou-o na testa e disse, 'Tchau, cara. Aguente firme.'

Ele não obteve resposta.

———

Ele conseguiu estacionar na Rua Boyce, fez a curta caminhada de volta ao café do cinema. Estava dez minutos adiantado. Era um dia limpo e ensolarado agora que a chuva havia diminuído. Um daqueles dias de inverno perfeitos que Sydney poderia aproveitar sem nenhum esforço. Sentou-se do lado de fora, acendeu um cigarro, esperou. Alguns minutos depois, um cara baixo e branco saiu com óculos grossos, uma coisa de Bob Marley na cabeça. Thompson não conseguia lembrar como você os chamava. O cara branco perguntou a ele. 'Café?'

'Forte com leite.'

'Comida?'

'Talvez, estou esperando por alguém. Um cardápio seria bom.'

O cara se virou, voltou sem dizer nada. Era um 'tam,' ele pensou. Um boné Rasta. O baixinho tinha cabelo comprido por baixo, mas não dreads. Parecia deslocado nele. Seu celular tocou. Steele.

'Sim, Thompson.'

'Bom dia, ouvi dizer que seu primo vai conseguir. Andy Sadak conseguiu um advogado.'

'Quem é o advogado?'

'Martin Sykes. Tipo de advogado sofisticado para esse cara também. Escritórios na Rua Park.'

'Obrigado.'

'Quando falei com você ontem antes de tudo acontecer, você parecia muito mais frouxo do que costumava ser, mais despreocupado ou talvez descuidado. No nosso jogo, isso não é bom.'

'Não trabalho mais para você.'

'Você sabe o que eu quero dizer. Você também disse que investigaria o assunto com meu filho.'

'Certo, eu disse. Eu mesmo pego a taxa da primeira semana. Estou me encontrando com um cliente agora. Posso estar no seu escritório em uma ou duas horas.'

'Bom.'

Steele encerrou o telefonema.

Mais solto, pensou Cash. Se fosse verdade, foi *esse* o motivo da merda? Ele não sabia que eles seriam viciados em cristal. Isso foi culpa de Eyden. Ele precisaria perguntar a ele sobre isso. Ele gostava daqueles jogos de pôquer, da erva grátis, de pensamentos mais soltos.

Eram nove e dez quando um homem magro de terno preto, camisa branca, gravata vermelha, talvez na casa dos quarenta, talvez cinquenta, aproximou-se da mesa, estendeu a mão e perguntou, 'Senhor Thompson?'

Cash o apertou. Foi um aperto de mão curto e firme 'Sim, sou eu. Sente-se Lever, relaxe, quer café? Comida?'

'Café, sim.'

'Que tipo?'

'Preto longo, um pouco de leite morno ao lado.'

'Fique aí, vou pedir a Bob Marley para trazer um pouco para você.'

Lever sorriu, confuso.

Cash entrou, encontrou o garçom, pediu café e torradas para dois. Saiu, sentou-se e disse, 'Diga-me.'

'Não a vejo nem ouço falar dela há três semanas.'

'Qual a idade dela?'

'Vinte.'

'Por que isso é incomum?'

'Ela me liga a cada poucos dias. Visitas duas ou três vezes por mês, às vezes uma vez por semana, no trabalho ou perto dele, em um café ou em casa. É o que ela sempre fez desde que se mudou há um ano. A mãe dela foi embora há cinco anos e nos tornamos próximos. Mais próximos do que nunca.'

'O que ela faz?'

'Ela é uma dançarina em um clube.'

'Um clube de strip?' Ele estava confuso agora.

'Não é um clube de strip. Uma *boate*. Ela dança, ou dançava, lá quatro vezes por semana, de quinta a domingo.'

'Mas que tipo de dança é essa?'

'O clube se chama *Fever*. É uma coisa retrô. Todas as músicas dos anos sessenta e setenta. Ela usava uma minissaia ou shortinho, dançava em uma jaula. Como Goldie Hawn.'

'Como Goldie Hawn?'

'Sim.'

'Você telefonou para os amigos dela e tudo mais?'

'Ela só tem alguns amigos íntimos.'

'Oh. Qual é o nome da sua filha?'

'Tanya.'

'Tanya Lever.'

'Sim.'

'Você chamou a polícia?'

'Sim. Eles me disseram que ela é adulta, mas perguntariam por aí e assim por diante.'

'O que aconteceu?'

'Isso foi há sete dias. Nada.'

'Quais policiais?'

'Eu moro em Paddington, mas foi a delegacia de polícia de Kings Cross. Mandaram dois detetives à minha casa.'

'Você sabe os nomes deles?'

'Não me lembro. Vou mandar uma mensagem para você.'

'Bom.'

'Ela mora sozinha? Ou com amigos?'

'Mora com um cara chamado Peter. Ele é gay, ela me disse. A melhor amiga dela é Annie Lincoln.'

'Você disse a eles que estava me contratando?'

'Não.'

'Você pode telefonar para eles? Avisá-los que estarei falando com eles? Estarei visitando o apartamento em que ela mora com Peter. Você tem uma chave?'

'Sem chave. Mas vou telefonar para ele e informá-lo sobre você.'

'Vou precisar de fotos dela. Diferentes tipos de fotos. Como casual em jeans. Também roupas com as quais ela poderia ter saído na cidade... andando por aí com um agasalho ou algo assim também. Você pode fazer isso?'

'Sim, vou mandá-las para o seu telefone.'

'Ótimo, ótimo. Vou telefonar para o Peter. Dizer-lhe para não tocar em nada no quarto dela. Preciso dos números de celular de ambos. Seus nomes completos. Quaisquer contas de mídia social para sua filha. Vou verificar as contas de mídia social de seus dois amigos. Vou ao clube perguntar por aí. Ela tem namorado?'

O café e a torrada foram colocados na mesa antes que ele pudesse responder. Lever olhou atentamente para o garçom. Piscou algumas vezes, então sorriu brevemente quando viu o boné Rasta. Pegou a pequena jarra de prata, derramou um pouco de leite em seu café preto, tomou um gole e disse, 'O café está bom e não. Não que ela tenha me contado, afinal, mas talvez tenha sido isso o que aconteceu. Talvez ela tenha conhecido alguém. Decolou.'

'Como a mãe dela.'

Lever fez uma careta quando disse isso. Cash imediatamente desejou não ter feito isso.

'Não, não como a mãe dela. Sua mãe era viciada em drogas. Tanya quase não bebe álcool.'

'Isso pode ter mudado também. Veremos. Há quanto tempo ela trabalha no clube?'

'Um ano.'

'Ela estuda ou—'

'Não, ela deveria ir para a escola de cinema e televisão, mas adiou.'

'Apenas dois amigos?'

'Os dois únicos que conheço. Ela passou por momentos difíceis na escola. Bullying e assim por diante. Ela usava aparelho feio nos dentes, não era esportiva, não fumava. Os meninos não achavam muito dela. Então ela floresceu depois de conhecer Peter. Ele conseguiu o emprego para ela. Ela conheceu Annie lá, sua vida decolou um pouco socialmente. Eu, hum... Tenho certeza de que há mais amigos por meio do clube, por meio de Annie. Foi por isso que o contratei.'

'Farei o meu melhor. Chantal te contou? Quatrocentos por dia, mais qualquer outra merda que apareça. Primeira semana adiantada, em dinheiro, por favor.'

'Não tenho tanto dinheiro vivo.'

'Você pode ir a um caixa eletrônico? Dois mil estarão bem.'

Lever bebeu o resto do café e disse, 'Espere aqui. Há um caixa eletrônico mais adiante.'

Cash o observou sair e esperou alguns minutos.

Doug Lever deixou cair um envelope sobre a mesa.

Cash disse, 'Obrigado. Você trabalha com Chantal?'

'Sim. Uma excelente advogada.'

'Sim. Olha, hum. Eu vou direto para isso hoje. É quarta-feira à noite, então este clube estará aberto amanhã à noite. Vou tentar encontrar o dono através de Peter; você disse que ele conseguiu o emprego para ela. Também vou falar com a amiga dela, Annie. Começar a trabalhar nisso. Talvez ela ligue para você? Deixe-me saber se ela fizer. Eu cuido disso,' disse ele, acenando com a mão para os copos de café vazios. A torrada estava intocada.

Lever disse, 'Obrigado, por favor, me ligue todos os dias, pelo menos uma vez por dia.'

'Eu posso fazer isso.'

Dinheiro pago a Bob Marley no balcão. Quando ele saiu, Lever havia sumido. Ele caminhou até seu carro. O escritório de Steele ficava na Rua Erskine, não muito longe do Cais da Rua King, embora duvidasse que Steele alguma vez comesse ali. Ele se sentava em um pub chique em algum lugar sozinho. Comia um bife malpassado com batatas fritas e uma salada, bebia um copo de tinto caro. Ele sabia que Steele vinha de uma família com muito dinheiro. Seu salário não cobriria a vida que levava. Seus pais estavam mortos; ele havia herdado uma grande casa em Mossman, no lado norte do famoso porto.

Cash entrou no estacionamento. Steele tinha duas vagas para carros. Ele estacionou ao lado do Lexus preto com tração nas quatro rodas de Steele. Subiu no elevador. Ele tinha uma secretária chamada Linda, que era superinteligente, atraente em um tipo de vestido preto David Jones. Cabelo preso na cabeça.

Ele acenou com a cabeça para ela e disse, 'Ele está me esperando.'

Ela assentiu. 'Bem vindo de volta.'

Ele não parou para corrigi-la. Girou a maçaneta da porta e bateu ao entrar. Steele estava sentado atrás de uma mesa grande e sólida. Seus braços cruzados na frente dele. Terno risca de giz azul escuro, camisa branca. gravata azul. Óculos de armação escura. Um homem pequeno, mas muito em forma, careca. Thompson sempre pensou em Bob Hoskins em um dos papéis de gângster durão que ele desempenhou tão bem. Steele disse, 'Olá, Carter.'

Ele se inclinou sobre a mesa, estendeu a mão e disse, 'Chefe.'

Steele se levantou, se curvou, apertou sua mão e disse, 'Sente-se, sente-se, vamos fazer isso.'

Ele tirou um envelope da gaveta de sua escrivaninha, colocou-o na mesa na frente de Cash, que disse, 'Obrigado, vou tratar disso hoje. Eu tenho uma garota desaparecida para encontrar também, mas posso lidar bem com o trabalho. Quero estar ocupado depois do incidente de ontem à noite. Obrigado pela ajuda, aliás, embora aquele policial, Milano não tenha gostado nem um pouco. Você cruzou com ele em outro momento ou...?'

'Ele está fazendo o trabalho dele. Eu ficaria mais surpreso, mais furioso se ele não o fizesse.'

'Certo. Hum, você tem o endereço do seu filho, a outra informação que eu pedi?'

'Sim. Eu disse que ele andava por aí num clube de Kings Cross. É o Razor Strip Club.'

'Na Estrada Darlo. Propriedade de Billy Hassan.'

'Sim, você o conhece do seu último trabalho comigo.'

'Conheço. E por sua reputação. Eu posso ver porque você está preocupado então.'

'Se Hassan sabe quem ele é, pode ser um problema. Ele pode nem ter conhecido meu filho. Não é como se ele estivesse lá todos os dias. Ele também se mantém afastado dos traficantes, pelo menos os pequenos traficantes. A notícia chegou até mim, isso é tudo. Meu filho pode estar festejando lá, mas duvido; ele tem um gosto melhor. Se ele está traficando, é apenas uma questão de tempo até que Hassan saiba quem é. Se não Hassan, um de seus homens. Eles vão fazer perguntas a ele, com certeza.'

'Vou ver seu filho direto daqui. Se ele estiver em casa, eu falo com ele. Não ligue para ele. Ele pode decolar. Vou aparecer na porta.'

'Eu não vou ligar para ele. Aparecer é a coisa certa a fazer.'

'Algo mais?'

'Eu disse a você o que pensei.'

'Sobre eu estar frouxo.'

'Sim.'

'Sou duro o suficiente para isso,' disse Cash, mas já podia sentir o calor do dinheiro em seu paletó preto. Os dois envelopes. Pensando no bar de narguilé de Eyden, no jogo de pôquer, nada de Aimee. 'Por que não o cassino?' ele pensou. Ele estava dentro. Ele estava quente. Ele poderia fazer as três coisas. Aimee não estaria por perto para incomodá-lo. Outras pessoas podem dizer que ela o colocou de castigo. A filha dele, por exemplo, que não falava com ele por causa do que ele havia feito com Aimee por meio de Chantal.

'Acho que você pode ser, Carter. Ligue-me para qualquer coisa. Atualize-me diariamente.'

'Eu vou. Obrigado, chefe. Ah, como Sadak conseguiu aquele advogado?'

'Seu pai é rico. *Extremamente* rico. Ele comprou aquele bloco de Bondi Junction para o filho. Parece um buraco de merda agora, mas esses lugares—como todas as propriedades de Sydney no momento—custam muito dinheiro.'

Steele não praguejava muito. Ele achou divertido, mas deixou isso de lado e perguntou, 'O que ele faz, o velho Sadak?'

Steele ergueu as mãos para indicar que estava indeciso e disse, 'Negócios de importação/exportação.'

'Ah.'

'Meu investigador está cuidando disso.'

'Bom saber.'

Ele saiu, acenou com a cabeça para Linda, que disse, 'Até logo.'

CAPÍTULO QUATRO

Thompson voltou para Glebe. A casa
compartilhada em que Adam morava ficava na Rua
Boyce, onde ele havia estacionado mais cedo para
encontrar Doug Lever. Ele não precisou dirigir até a
cidade para obter o dinheiro de Steele, mas agora
estava feito. Ele estava feliz por ter visto seu antigo
chefe. Ele agora tinha cinco mil em dinheiro. O outro
dinheiro que ganhou estava no cofre de casa. Ele
receberia recibos de Eyden e da Carros Usados de
Don para declarar como renda. Ele tinha outros
pequenos trabalhos regulares de cobrança de dívidas
por meio de uma agência legítima de cobrança de
dívidas que também lhe dava recibos legítimos e assim
por diante. Ele estava bem.

Sem surpresa, era uma casa geminada de dois
andares. Havia algumas em Glebe. Este pequeno
subúrbio moderno a uma curta distância da Estação
Central e da cidade, cafés por toda parte, mais
livrarias do que o necessário. Eles tinham um grande
mercado de roupas e quinquilharias aos domingos.

Este terraço era um monstro. Ele pensou em pelo
menos quatro quartos. O jardim da frente era

pequeno e cheio de mato. Ele abriu um portão enferrujado caindo das dobradiças. Caminhou alguns metros pela calçada de cimento rachado. Havia uma janela dupla à sua direita; esse seria o quarto um. Ele ouviu música lá dentro. Sempre havia música nas casas compartilhadas. Isso era algo que ele não reconhecia. Pop suave de algum tipo. Cash era um cara do jazz, mas também gostava de rock, Warumpi Band, Colored Stone, Steve Winwood, Warren Zevon.

Ele bateu à porta com força, esperou. Ele ouviu sons de movimento em pisos de madeira. Alguém agarrando a maçaneta da porta lá dentro. A porta lentamente se abriu. Uma garota de macacão amarelo. Cabelo preto com corte pixie, covinhas de morrer, olhos verdes. Pequena. Um sorriso quando ela viu Thompson. Ela disse, 'Olá.'

'Oi, Adam está em casa?'

'Sim.'

'Sim, sou amigo da família.'

'Ah, entre, então. Qual o seu nome?'

'Carter.'

'Certo, certo. Você é...?'

'Eu sou um homem Gadigal.'

'Sim, desculpe-me. Eu não quis dizer nada. É bom. Você é bom. Eu—'

'Adam?'

'Sim, siga-me.'

Eles caminharam por um longo corredor, um segundo quarto à esquerda, oposto ao que ele tinha visto do lado de fora. Provavelmente tinha janelas na lateral da casa. Uma escada de aparência tosca com grosso corrimão de madeira encostada na parede de um lado. Em frente até a cozinha na parte de trás da casa. Era menor do que ele pensava. Piso de linóleo, duas mesas de jogo juntas com quatro cadeiras ao redor.

A menina perguntou, 'Café? Chá?'

'Adam?'

'Ele ainda está na cama. Vou buscá-lo.'

'Onde fica a sala de estar?'

'Lá em cima.'

'Oh. Qual o seu nome?'

'Gina.'

'Gosto do seu macacão. Brilhante.'

Ela sorriu para ele, as covinhas aparecendo ainda mais. 'Obrigado, você é legal. Eu irei pegá-lo. Sirva-se se quiser uma bebida quente.'

'Vou, obrigado.'

Ela saiu da cozinha. A pia estava cheia de louça suja. Xícaras de café usadas também estavam nas mesas de jogo, junto com pratos sujos, um cinzeiro cheio. Ele acendeu um cigarro, olhou pela janela de trás. Um quintal coberto de mato, principalmente grama alta. Um pequeno galpão. Alguém cortou a grama perto da frente para que você pudesse abri-lo, deixando o resto do gramado sem cortar. Algo no galpão importava. Plantas de drogas hidropônicas, talvez.

Havia algumas pequenas árvores ao redor do perímetro. Mas a cerca era alta, sólida em estatura, proporcionando grande privacidade. Ele foi até a porta dos fundos ao lado da grande geladeira. Estava trancada, sem chave. Estranho, ele pensou. Voltou à janela, abriu-a um pouco. O ar frio entrou como o vento de Fremantle desde a Austrália Ocidental. Ele respirou fundo e fechou a janela. Sentou-se, deu uma tragada pesada no cigarro.

Adam. Isso seria interessante. Em que forma ele estaria? A irmã estava exagerando? Steele estava exagerando? Ele sentou, fumou, esperou. Esperou mais um pouco. Acendeu outro cigarro, foi até o armário, encontrou Nescafé Blend 43, uma caneca semi-limpa, abriu a geladeira, pegou leite. Tirou alguns pratos sujos da pia para poder encher a chaleira. Acendeu o fogão a gás, pôs a chaleira no fogo, virou-se—e lá estava ele. Adam com o braço em volta de Gina. Vestido com jeans azul, uma camiseta verde solta com um urso fumando um baseado nela.

'Carter.'

'Adam, você parece bem.'

Ele parecia. Mas havia algumas crostas minúsculas na dobra de seu braço direito. Nada... ou o começo de algo. Ele fez questão de encarar isso. Adam pareceu desconfortável, mas disse, 'Obrigado, você também.' Um segundo. 'O que você está fazendo aqui?'

'Seu pai me pediu para falar com você. Tudo bem? Em algum lugar privado.'

'A respeito?'

Em algum lugar privado não iria acontecer.

'Ele acha que você está usando heroína.'

O rosto de Gina ficou vermelho brilhante. Ela se afastou dele e disse, 'Adam, posso ir e—'

'Não, Gina, tudo bem. Fique por favor.'

Ela se sentou em uma das cadeiras da mesa de jogo.

Adam disse, 'Não estou usando.'

'O que você está fazendo no Razor Club?'

Adam abaixou a cabeça.

Ele podia ver seu rosto ficando mais sombrio.

Ele olhou para trás e disse, 'Não é da porra da sua conta.'

'Certo. Eu morava muito perto daqui há cerca de vinte anos, em uma casa compartilhada, por acaso. Eu sei o que acontece, Adam.'

'Talvez você devesse estar se perguntando o que aconteceu com Sally Bois? Aquelas circunstâncias suspeitas que de repente desapareceram. Eu sei o que meu velho faz. Que poder ele tem.'

'Não houve problema com a causa da morte, Adam. Eu fui inocentado. Não foi acusado de nada. Bois era uma assassina.'

Era uma referência a um caso envolvendo um membro da Igreja New Light. O último caso de Cash como investigador do Ministério Público, trabalhando para Steele. Ele matou Bois no estacionamento do porão de sua casa em North Bondi. Foi considerado legítima defesa, mas os rumores nunca foram embora. Alimentados pelo chefe daquela igreja, Senhor Abbott. Bois tinha sido uma assassina perigosa e perturbada, de acordo com Carter 'Cash' Thompson.

'Se você diz.'

'Não consigo ver você como membro da New Light, Adam?'

Ele riu. 'Foda-se, não.'

Houve uma batida forte à porta. Gina olhou em volta, nervosa, e disse, 'Deve ser Nikolay.'

Ninguém se mexeu.

'É melhor deixá-lo entrar então,' disse Adam, 'Desculpe, Carter, não posso ajudá-lo, companheiro. Diga ao papai que não estou usando.'

'Sua irmã diz que você está. Deixe-me ver seu braço.' Ele estendeu a mão para ele.

Adam puxou-o de volta. 'Foda-se, Carter.'

Ele parou.

'Nós nunca fomos amigos embora eu sempre tenha gostado de você, mas cai fora cara.'

'Adam, você sabe do que eu sou capaz, não me rejeite como—'

'Eu tenho que abrir a porta.'

Ele saiu furioso da sala. Gina estava sorrindo. Orgulhosa dele. Cash sabia que não era o fim, mas partiria agora, voltaria outra hora ou o seguiria por alguns dias para ver no que dava. Ele saiu da cozinha, seguindo Adam pelo corredor, passando pela escada.

Adam abriu a porta. Disse, 'Ei, Nikolay, entre.'

Um cara de cabeça raspada usando jeans azul duplo, jaqueta jeans, sapatos pretos grandes e grossos nos pés. Ele entrou no corredor, viu Cash, colocou as mãos nos bolsos da calça, puxando a jaqueta para o lado, mostrando os músculos peitorais, a barriga chapada. Ele tinha uma cruz na orelha esquerda. 'AMOR' estava tatuado nos dedos de uma mão; 'ÓDIO' na outra. Alguns anéis grandes e desajeitados em cada mão, uma corrente de ouro em volta do pescoço. Não é o cara estudante comum que divide a casa. Ele olhou duro para Cash, deu-lhe o olhar cheio de ameaça. Thompson conhecia esse tipo de merda.

Nikolay perguntou, 'Adam, quem é seu amigo?'

'Oh, Nikolay, este é Carter... ele está saindo agora.'

Se Cash odiava alguma coisa, era ser rejeitado por um ser inferior como Adam. Ele disse, 'Olá, Nikolay. Você não me parece um estudante.'

Nikolay riu e disse, 'Você também não.'

Eles ficaram no meio do corredor.

Cash passou por ele e disse a Adam, 'Você ainda não ouviu o fim disso.'

'Ei, ei, Senhor Carter. O que você está dizendo?' perguntou Nikolay.

Ele continuou andando.

Nikolay gritou, 'Ei, ei!'

Adam disse, 'Deixe-o, por favor, deixe-o. Ele está indo embora. Ele está indo embora.'

Cash abriu a porta e saiu sem se virar ou dizer mais alguma coisa. Continuou andando até o carro, pensando, 'Não está usando, mas traficando. Ou sendo preparado para traficar.' Adam não estava sendo esperto aqui, de jeito nenhum. Cash sabia o que era Nikolay. Um bandido. Um traficante. Um boceta.

Ele ficou sentado no carro, incerto sobre seu próximo movimento. Adam não estava em perigo, ainda não. Ele parecia saudável no momento. Ele ligou para Peter. Seu celular caiu na caixa postal. Ele deixou uma mensagem.

Naquele momento, Doug Lever enviou a ele três fotos de Tanya. Elas eram exatamente o que ele havia pedido, até o agasalho. Mas havia uma extra dela dançando na gaiola no *Fever*. Ela tinha longos cabelos castanhos claros até os ombros e os balançava. Ela usava batom vermelho brilhante nos lábios carnudos, ruge nas bochechas, uma pequena covinha no queixo. Um sorriso enorme com dentes incrivelmente brancos. Um minivestido dourado cintilante que cobria apenas o traseiro, botas longas e macias de couro preto que chegavam até as coxas. Ela era um nocaute completo. Thompson estudou as fotos pensando, 'Não esteja espancada. Não esteja em uma vala em algum lugar, baby. Esteja viva como você está nessas fotos.'

Seu celular tocou, o número de Peter, e ele atendeu, 'Sim, Thompson.'

'Senhor Thompson, aqui é o Peter. Eu era, hum, sou colega de apartamento de Tanya.'

'Que bom que você ligou de volta, Peter. Eu preciso entrar no apartamento. Para ver o quarto dela. Eu preciso falar com você também. Irei agora se for conveniente.'

'Oh, agora, hum, sim, tudo bem. Você tem o endereço?'

Ele leu o endereço de Darlinghurst.

'Sim é isso.'

'Vejo você em breve, Peter.'

Ele deu partida no velho Valiant. Saiu na Rua Boyce, virou à direita na Estrada Glebe Point em direção a Darlinghurst. Pensou em como estava frio quando matou Bois. Ele poderia fazê-lo novamente se fosse necessário? Ou Steele estava certo? Ele estava solto. Suave é o que ele quis dizer. Ele deveria ter matado Andy Sadak? Sua cadela também? Dois malditos viciados em cristal. Ele bufou alto, limpou a boca e o nariz com as costas do braço.

Merda.

Ele procurou os envelopes de dinheiro, sua mão roçando sua arma enquanto enfiava a mão no bolso interno de seu paletó. Hoje à noite, depois do trabalho, ele poderia relaxar no bar de narguilé na sala privada dos fundos e jogar pôquer. Ele precisava falar com Eyden também. Não conseguia tirar os viciados em cristal da cabeça.

Seu celular tocou, ele o pegou no assento ao lado dele, deu uma olhada na identidade; era Aaron. Ele respondeu, 'Sim, Thompson.'

'É Aaron. Ele fará uma operação mais tarde para

consertar a clavícula, o ferimento e assim por diante. Ele ainda está fraco, como você viu, mas o médico acha que ele está forte o suficiente.'

'Obrigado por me avisar. Devo dizer-lhe que o drogado que atirou nele procurou um advogado. O pai dele é rico, o advogado é de primeira linha.'

'Não há nada que eu possa fazer sobre isso.'

CAPÍTULO CINCO

Thompson encontrou o endereço. Ficava na Rua Burton, depois da Rua Thomson, no lado oposto da Escola Nacional de Artes. Uma casa de trabalhadores de fachada única. O aluguel seria caro, os quartos pequenos. No carro resolveu ligar para a suposta melhor amiga, Annie.

Uma voz cansada respondeu ao seu chamado. 'Alô, sim, quem é?'

'Annie, meu nome é Thompson. Sou um investigador particular contratado pelo pai de Tanya. Ele disse que eu telefonaria?'

'Sim, oh, estou tão feliz que algo finalmente está acontecendo com minha garota. Ela é linda, mas frágil. Mas ela não deveria deixar o pai preocupado.'

'O que você quer dizer?'

'Ela é linda... mas um pouco frágil, talvez.'

'Podemos nos encontrar mais tarde hoje?'

'Sim.'

'Onde? Estou em Darlinghurst agora.'

'Estou em Bondi.' Ela disse a Thompson o endereço na Estrada Sir Thomas Mitchell, Bondi Beach.

Ele agradeceu. Disse a ela que estaria lá em uma hora, talvez um pouco mais.

————

Ele saiu do carro, caminhou pelo curto caminho de cimento. Havia uma campainha cor de pérola, que tocou alto quando ele a apertou. Ele esperou alguns momentos. Não ouviu nenhum movimento. Apertou novamente. Desta vez ele ouviu passos no chão de madeira, a porta se abriu. Um homem de vinte e tantos anos ou trinta e poucos anos abriu a porta. Barbeado, ele sorriu para Cash; imediatamente linhas enormes se formaram nas laterais de ambos os olhos, fazendo-o pensar que poderia ser ainda mais velho. Ele estava vestindo calças de terno preto, uma camisa branca com o primeiro botão desabotoado, suspensórios vermelhos nas calças, pendurados sobre os ombros. Quando ele sorriu novamente, as rugas em seu rosto se aprofundaram ainda mais. Ele disse, 'Senhor Thompson?'

Cash pensou que ele diria 'eu presumo,' pois ele tinha um leve sotaque inglês que pode ou não ser genuíno. 'Sim, sou eu. Posso entrar? Está congelando na sombra aqui.'

'Certamente, claro, claro,' disse ele, o prumo ainda em sua voz. 'Siga-me, siga-me.'

A sala de estar ficava a apenas alguns metros da porta à direita. Tinha piso de madeira, um velho sofá vermelho com pernas de aço, duas poltronas de veludo preto. A lareira não estava em uso no momento, mas houve um fogo lá dentro, talvez na noite anterior, pelo aspecto das cinzas brancas. Um atiçador estava encostado na parede ao lado dela. Um aparador com uma velha casa do tempo em forma de chalé, onde uma pessoa saía se estivesse chovendo, outra se estivesse bom. Também indicava as horas. Havia alguns cinzeiros meio cheios espalhados pelo lugar. Uma smart TV no canto da sala, do lado oposto às janelas tipo bay window. Peter e seus amigos fumavam lá dentro; fazia o lugar feder um pouco, mesmo para um fumante. Peter pareceu sentir a aversão de Thompson e abriu uma janela menor ao lado da bay window voltada para a rua.

Eles ficaram um de frente para o outro. Peter na frente da lareira. Cash apenas dentro da porta. Ele apertou alguns botões em seu telefone, ligando o gravador de voz. Um novo hábito ao lidar com merdas. Disse a Peter, 'Você vai trabalhar logo?'

'Desculpe?'

'Você está vestindo um terno.'

'Oh. Não. Eu trabalho em casa. O escritório fica nos fundos da casa. Eu tento olhar e sentir o papel. Li uma vez que Nick Cave se levantou e vestiu um terno antes de ir trabalhar em seu escritório no porão em Londres.'

'Você está envolvido na cena musical?'

'Tipo assim. Sou consultor em uma ampla variedade de coisas.'

Ele pensou na descrição de Steele do pai de Andy Sadak. Importação/exportação. Quem diabos sabia com pessoas assim? 'Quando foi a última vez que você viu Tanya?'

'Ah, três semanas atrás, no mesmo dia, eu acho. Era uma quarta-feira. Ela estava falando sobre a necessidade de trabalhar *amanhã* à noite, pois era quando estávamos aqui, por volta das seis horas da noite. Eu saí depois disso. Fiquei na casa da minha namorada. Ouvi dizer que ela trabalhou na noite seguinte, mas nunca mais a vi. *Não* a vi, quero dizer.'

'Doug Lever disse que você era gay?'

'Huh?'

'Você disse que estava na casa da sua *namorada*.'

'Piada particular, desculpe. Stevie é todo homem. Não pensei que o Senhor Lever soubesse. Nunca conheci o sujeito.'

'Tenho certeza que Tanya o informou.'

'Sim.'

'Como você conheceu Tanya?'

'Ela respondeu ao meu anúncio no Wentworth Courier para um colega de apartamento. Nós nos demos bem imediatamente.'

'Como você conseguiu o emprego dela dançando?'

'Conheço Blake, o gerente de lá.'

'Blake tem sobrenome?'

'Andrews.'

'Minha aposta é que vocês estudaram juntos. Uma das escolas secundárias particulares, estou certo?'

'Sim, nós dois estudamos no St. Ives, em Rosebay.'

'Vai para a universidade também, cara?'

'Sim, Universidade de Nova Gales do Sul.'

'Mas você não terminou o curso de artes, ou o que quer que esteja estudando.'

'Vou voltar meio período ano que vem.'

'Vou acreditar quando vir.'

'O que você disse?'

'Onde diabos está Tanya?'

'O que? Ah, calma agora eu—'

'Onde. Porra. Está. Ela?'

'Eu... eu disse a você. Eu não a vi. Não sei.'

'Você sabe que ela trabalhava na quinta-feira, não é?'

'Sim.'

'Porque você falou com seu companheiro, Blake?'

'Sim.'

'O que ele disse, Peter? O que aconteceu para fazê-la desaparecer? Ela chateou alguém? Ela largou Blake porque ele era um idiota, não um homem? O que *aconteceu*, Peter?'

'Ah, merda. Eu não esperava isso. Eu quero ajudar. Não sei onde ela está, juro.'

'Dê-me o número do celular de Blake Andrews.'

Peter tirou o telefone do bolso de cima da camisa branca, apertou botões, leu o número enquanto Cash digitava os dígitos em seu telefone. Ele expirou. Não tinha decidido se Peter estava dizendo a verdade ou não.

'O clube, Fever, fica numa viela perto da Rua Pitt, certo?'

'Sim.' Thompson falou suavemente agora.

'Você tem alguma ideia do que pode ter acontecido? Ela encontrou um novo garoto ou garota? Algo parecido? Fugiu porque estava cansada dessa merda aqui? Algo parecido?'

'Ela nem sempre foi fácil de conviver. Ela pode ser mal-humorada.'

Aqui vamos nós, pensou Cash. 'Mas você a amava, não é?'

'Como amigo, sim. Eu a amava. Amo-a.'

'Não tem ideia de onde ela está?'

'Ela era popular no Fever. Extremamente popular com todos. Isso era algo novo para ela. A escola tinha sido difícil—valentões e assim por diante.'

'Doug Lever disse a mesma coisa. Ela já viu algum de seus antigos amigos de escola?'

'Alguns deles vieram ao clube uma noite. Ela teve uma pausa na dança. Acontece que eu estava lá naquela noite. Eles começaram a provocá-la, mas ela riu deles. Eu e alguns outros a contornamos, invertemos a situação e seus antigos colegas de escola foram embora.'

'Ela não era amiga de ninguém da escola.'

'Não.'

'Isso é tudo para perguntas, mas eu preciso ver o quarto dela, sozinho se você não se importar.'

Todo o corpo de Peter relaxou. Cash o assustava.

'De jeito algum. De jeito algum.'

Peter mostrou-lhe o caminho pelo pequeno corredor. Um quarto à esquerda, ao lado do banheiro.

'Obrigado, Peter, não queria ser rude com você, mas preciso encontrá-la.'

Ele parecia assustado, murmurou, 'Sim, claro.'

'Idiota,' pensou Cash. 'Mais uma coisa.'

'Sim.'

'Você pode me dar o número do celular de Tanya? Esqueci de perguntar ao pai dela.'

Mais uma vez, ele leu em voz alta. Cash o salvou. Peter saiu.

Ele ligou para o celular de Tanya. Seu correio de voz dizia simplesmente, 'Oi, é a Tanya. Deixe um recado.'

Ainda funcionando, não desconectado.

Ele ligou para Steele.

'Thompson?'

'Sim, você pode perseguir um registro de telefone celular para mim?'

'Sim, nome e número.'

'Tanya Lever.'

Ele leu o número.

'A garota desaparecida.'

'Sim. Encontrei seu filho na casa da Glebe. Ele parece saudável, mas talvez seja como você disse. Ele começou a usar, mas ainda não é viciado ou mesmo habitual. Ele pode cheirar—quem sabe?—mas ele teve uma visita desagradável em casa enquanto eu estava lá. Nikolay, um criminoso. Estarei em cima de Adam amanhã. Dia todo.'

'Obrigado, eu vou voltar para você com os registros de chamadas.'

'Obrigado, tchau.'

Por onde começar no quarto? A cama estava desfeita, mas ele tinha certeza de que Peter havia arrumado o quarto. Parecia o tipo. Ele puxou a capa preta do edredom. Lençóis azul-bebê, manchados aqui e ali com o que parecia ser sêmen. Mas você precisava dos caras da cena do crime para isso.

Ele fez uma anotação mental para ligar para os policiais com os quais Lever se encontrou. Almofadas brancas. O colchão da cama de casal estava no chão. Ele o ergueu lentamente. Poeira, uma camisinha velha, algumas embalagens de Favourites da Cadbury. Ela não era do tipo organizado. Mas nada mais. Ele começou a tirar o lençol, parou, enfiou a mão no bolso do paletó em busca de luvas de couro preto. Colocou-as. Empurrou o colchão contra a parede. Viu algo cair no chão. Com cuidado, arrancou o lençol, examinou-o devagar, encontrou a seringa no fundo do lençol. Ele coçou o queixo com a barba por fazer. Cerdas ásperas. 'Que porra é isso?' ele se perguntou.

Ele ligou novamente para Steele. 'Outro favor, chefe.'

'Você sabe que me deve agora.'
'Sim.'
'O que?'
'Tenho uma seringa, usada. Preciso saber o óbvio.'
'Me dê o endereço. Vou mandar alguém.'
Ele fez. Foi até a cozinha, encontrou um saco de lixo amarelo com cheiro de limão no armário, embrulhou a seringa em papel higiênico e jogou-o lá dentro. Ele sabia que Steele cobraria o favor algum dia. Este trabalho estava ficando complicado. Ele voltou para o quarto de Tanya.

Muitas roupas no armário. Havia uma prateleira superior sobre a qual ele passou as mãos. Nada. Ele vasculhou os bolsos de todas as roupas. Vestidos, saias, jaquetas, jeans e camisas. Duas notas de cinco dólares no bolso de uma calça Levi's, nada mais. Ele foi até o peitoril da janela. Passou as mãos pelas bordas. Nada. Ele levantou uma janela. Olhou para o canteiro do jardim. O conteúdo de um cinzeiro havia sido despejado ali. Como ele desejava ter toda a equipe da cena do crime à sua disposição. Certamente, a polícia esteve no quarto, olhou através dele? Ele saiu pela janela para o canteiro do jardim, encontrou mais duas agulhas usadas. Pegou-as. Pegou mais papel higiênico, colocou-as no saco.

Ele voltou para dentro. Agora, para a cômoda. Ele abriu a gaveta de cima. Roupa íntima, algumas meias, collants pretos, leggings, o que quer que chamassem. Cinco ou seis maços de Peter Stuyvesant, maço macio. Era um cigarro forte. Eles tinham Peter Stuyvesant Lights; estes eram os pesados. Alguns isqueiros. Os isqueiros eram o sinal de um fumante inveterado, que nunca queria ser pego sem fogo. A segunda gaveta era de camisetas, sutiãs, alguns pacotinhos de biscoitos Oreos, uns quatro em cada pacote, um pouco de maconha, cerca de quatro gramas em um saquinho plástico como aquele que você recebe no banco.

'Você era uma dançarina,' ele disse suavemente para si mesmo. Então pensou, 'Não estou ganhando muito dinheiro.' Se você estava saindo para o fim de semana, você trouxe a erva e os maços de cigarros. Era quase o item número um da sua lista, pois você queria relaxar, se divertir com quem quer que estivesse. Ou a pessoa com quem você estava tinha maconha? Coca? E? Você confiou nela. Você pode estar apaixonada por ela.

Mas por que escondê-lo? Por que fugir? Quão difícil foi fazer uma chamada de celular para o papai? Talvez fosse o papai. Talvez ela estivesse farta dele. Não seria a primeira vez. Talvez ele fosse um idiota arrogante? Ou um monstro? Tudo na mesa.

'Doug Lever estava me sacaneando?' ele pensou. O Senhor Pele Limpa não tão limpa. Ele precisava falar com Chantal sobre Doug Lever. 'Porque você está *viva*, Tanya,' ele sussurrou para si mesmo.

Aquela suavidade novamente, ele pensou. Aja, Cash. *Encontre a porra da garota. Faça isso.*

Peter tinha atravessado a sala e deixado essas coisas? A terceira gaveta estava cheia de shorts, algumas minissaias; a gaveta de baixo tinha outro saquinho de maconha, talvez dois gramas debaixo de uma pilha de velhas revistas *Vogue*.

Ele foi até o cesto de roupa suja e o esvaziou. Um celular caiu no chão. Ele pegou. Ligou. Nada. A bateria estava descarregada. Era um Samsung, da mesma marca dele. Ele o carregaria em casa. Ele se perguntou se Peter sabia sobre isso. Também poderia ter sido plantado. Colocou-o no bolso oposto ao das agulhas, que tirou e colocou no saco de lixo com cheiro de limão.

Ele foi à procura de Peter. A casa era maior do que ele pensava. Ele passou pelo quarto de Peter, que parecia o quarto de um soldado em contraste com o de Tanya. Enfiou a cabeça para dentro. Cama feita. Armários fechados, gavetas fechadas, persianas ligeiramente abertas, deixando entrar alguma luz. Ele entrou, olhou em volta para o que ele não tinha certeza. Queria abrir as gavetas, vasculhar os armários. Mas recuou.

Continuou andando pelo corredor, onde encontrou Peter em um grande escritório com segunda sala de estar. Ele estava sentado a uma mesa, digitando em um laptop na janela traseira, que dava para um pequeno pátio. O escritório era como seu quarto. Spick e span. Havia um sofá de couro marrom, uma smart TV, menor que a da outra sala. De um lado da mesa, uma geladeira, maior que uma geladeira de bar, mas não do tamanho normal, um conjunto de arquivos ao lado de sua mesa do outro lado. Uma luminária de mesa vermelha.

'Peter,' disse ele.

Peter continuou digitando, disse, 'Sim, você terminou no quarto?'

'Você pode parar o que está fazendo?'

"Eu peço—' Ele parou no meio da frase, o medo voltando. 'Desculpe, o que posso fazer por você?'

'Você revistou o quarto dela?'

'Um olhar casual ao redor, nada mais.'

'Você não sabe o que tinha lá dentro?'

'Não.'

'Você sabe se ela usava drogas?'

'Ela fumava maconha.'

'Ela tinha namorado? Ele vinha aqui?'

'Não que eu saiba, mas ela recebia convidados durante a noite, se preferir.'

'Nada permanente?'

'Não. Não sei. Eu teria sabido.'

'Certo.'

'Você terminou?'

'A polícia investigou o quarto?'

'Não.'

'Vou dar outra olhada rápida.'

Ele voltou para o quarto de Tanya. Abriu a janela novamente, saiu. Passou pelas bitucas do lado de fora da janela. Eram todas Stuyvesant e Kent. Kent eram cigarros totalmente brancos; era fácil localizá-los. Havia pelo menos vinte de cada. Ela jogava o cinzeiro lá fora toda vez que ficava cheio. Ele imaginou que se você está chapado de maconha ou H, então não há problema. Foi isso que você fez. Mas apenas duas marcas. Ele voltou para Peter.

'Últimas perguntas.'

'Sim.'

'Que marca de cigarro você fuma?'

'B&H.'

'Tanya não tinha namorado?'

'Não.'

'Namorada?'

'Não.'

'Posso sair sozinho.'

'Na verdade, você não pode,' disse ele. 'Há uma trava. Farei isso por você.'

Cash voltou para o carro. Pensamentos correndo por sua cabeça. Ele ia ver Annie agora, mas tinha que esperar que o homem de Steele pegasse as agulhas para o teste. Ele ligou para Steele, perguntou por quanto tempo, foi colocado na espera e depois ouviu trinta minutos. Ele se perguntou se Annie fumava. Que marca de cigarro? Ele não perguntaria; ele esperaria para ver. Seu celular tocou. Era Annie.

'Sim, Thompson.'

'Você se importa se nos encontrarmos em um café? Não tenho comida e estou sem café.'

'Qual deles?'

'Gabby em Campbell Parade.'

'Vou sair daqui em cerca de meia hora.'

'Estou usando um moletom vermelho.'

'Certo.'

CAPÍTULO SEIS

Billy Hassan, alto, bronzeado, pele cor de oliva, rosto de bebê, cabelos pretos e grossos, baixo, penteado em excesso com uma risca severa do lado esquerdo. Um penteado popular entre os jogadores da liga de rugby e toscos. Ele estava vestindo calças de brim azul-escuras, uma camisa xadrez branca e azul da Country Road, mocassins marrons nos pés. Alguém disse a ele que ele parecia o papel. Quando Hassan perguntou o que eles queriam dizer, a pessoa disse, 'Como um gângster.' Ele não gostou. Não gostou da pessoa. Conseguiu espancá-lo na Rua Roslyn depois que ele saiu do Baron's uma noite, onde passou horas jogando xadrez, cheirando coca. Ele não parecia um gângster agora, ou assim pensava, mas carregava a ameaça. Muitos não a tinham, mas Hassan sim. Em sua linha de trabalho, era essencial.

Hassan estava no escritório de seu clube de striptease em Kings Cross, O Clube Razor, olhando para o que ele chamava de Beco do Lixo. As pontas alaranjadas das agulhas usadas chamaram sua atenção. Vidros quebrados, cigarros esmagados sob saltos ou jogados descuidadamente no chão para queimar. Ele frequentemente via homens e mulheres aplicando lá, possivelmente com material que compravam de um de seus traficantes. Ele tinha visto usuários de drogas trepando por lá também, fodendo como cachorros na rua.

Ele estava esperando por Nikolay. Ele olhou para o aplicativo CFTV instalado em seu laptop e viu Nikolay entrando no clube. Abriu a janela, sentou-se, acendeu um cigarro. Como parte de seu plano de auto aperfeiçoamento, ele queria largar. Abbott, o pregador da Igreja New Light, o estava orientando; em troca, ele fornecia diferentes apartamentos, drogas e garotas para suas festas particulares nesses apartamentos por uma taxa menor do que o normal.

No último trabalho de Cash para Steele no Ministério Público, ele fez uma mossa na base de poder da Igreja New Light depois de prender o dono de um motel e expor uma quadrilha de sexo no Motel Carrington. O Clube Razor ficava quase em frente a ele, na Estrada Darlinghurst, os oitocentos metros sujos de Kings Cross. Os três candidatos de meio mandato de Abbott ao Senado foram expostos e forçados a se retirar. Mas a devassidão simplesmente se desviou para apartamentos particulares alugados por pequenas empresas que na verdade nunca existiram. Hassan não conhecia a conexão entre Adam e seu pai. Adam era simplesmente um caminho para o mundo livre de estudantes em busca de drogas e diversão. Seus amigos ricos também. Hassan queria o mercado estudantil de drogas e todos os parasitas. Ele queria alguns deles com heroína também. Os traficantes intermediários, a fim de controlá-los mais facilmente. Nikolay estava progredindo, mas Hassan não tinha certeza se ele era a pessoa certa para o trabalho.

Hassan viu Nikolay do lado de fora da grande porta de aço prateada de seu escritório. Abriu antes que ele pudesse bater. Puxou-o para dentro, colocou os braços em volta dele e disse, 'Nikolay, meu irmão.'

Nikolay retribuiu o abraço e disse, 'Senhor Hassan.'

'Agora sente-se.' Hassan caminhou para trás de sua mesa.

Nikolay sentou-se.

Hassan fumou e perguntou, 'Você quer um cigarro?'

'Não, obrigado. Vou tomar um café depois disso. Vou esperar.'

'Diga-me o que está acontecendo com a casa compartilhada em Glebe?'

'Eles gostam de mim. Eu sou como um amigo perigoso. Eles gostam de me exibir para seus amigos. Este é Nikolay, dizem eles. Eu me curvo, sorrio e digo, "Posso conseguir o que você quiser, qualquer coisa que seu coração desejar." Eu rio quando digo isso, mas eles sabem que é verdade. Tenho alguns gramas de maconha para entregar hoje. Alguns E, cem viagens de ácido. O garoto e sua namorada, Gina, levaram um pouco mais de heroína de mim. Eu não quero que eles implorem por isso, ainda.'

'Um começo, então?'

'Mais que isso. Acho que posso estabelecer talvez quatro ou cinco revendedores que virão até mim e depois negociarão com seus amigos. Não são apenas alunos; eles têm amigos ricos que simplesmente não fazem nada o dia todo. Eles têm dinheiro. Por que trabalhar? Refiro-me a jovens de escolas particulares e assim por diante. Os que completaram o 12º ano, não sabem o que fazer e não estão na universidade ou em um curso. Eles bebem no The Golden Sheaf, Bondi Hotel tanto faz, depois vão para as boates que—'

'Algo mais?'

'Eles me tratam como uma espécie de animal exótico, todo musculoso, sem cérebro, o "cara maluco" que eles pegam drogas.'

Hassan sorriu. Sim, ele sabia que tinha o homem certo agora. 'Tudo bem, Nikolay. Eu acho que você é o único a fazer isso. Você me convenceu. Vou manter o nosso acordo. Quanto mais produtos você movimentar, mais eu te pago. Em breve você terá uma boa vida, meu amigo.'

'Obrigado, Senhor Hassan.'

'Mas problemas... *algum* problema?'

'Não consigo ver nenhum, não. Tinha um cara, bem vestido—o que você diz? Um Abo, um cara de pele escura vestindo um paletó com uma camisa aberta no pescoço. Um grande tipo de cara. Ele não estava com medo de mim, nem um pouco. Não sei o que ele estava fazendo lá. Ele tinha a aparência de outro traficante.'

'O nome dele?'

'Nome estranho. Carter ou algo assim.'

Hassan o conhecia como Cash Thompson, um policial do Ministério Público, não um traficante. Ele não fez a conexão. Thompson havia saído de seu mundo há mais de um ano. Abbott saberia. Ele nunca esqueceu.

'Um aborígine?'

'Sim.'

'Pergunte ao seu novo amigo, Adam. Precisamos saber essas coisas.'

'Vou vê-lo amanhã. Eu vou.'

'Essas crianças e estudantes têm pais ricos, sabemos disso, mas com o dinheiro vem o poder também. Pode haver oportunidades para chantagear, intimidar, assediar. Para criar medo. Devemos estar abertos a tudo.'

'Farei o que for preciso.'

'Eu sei que você vai Nikolay, obrigado. Todos os seus traficantes estão indo bem?'

'Você sabe que eles estão... o dinheiro que eu trago.'

'Sim, a vida é boa.'

CAPÍTULO SETE

Cash estacionou na Avenida Lamrock, pagou
o estacionamento com o cartão de crédito. Parou por
um segundo. O que diabos ele realmente descobriu?
Tanya desapareceu por três semanas, mas Peter não
contou nada a ele. Uma 'talvez viciada' sem namorado
dançando em uma jaula. Agulhas usadas. Talvez o
comportamento estranho de Peter o tenha distraído da
tarefa. Steele dizendo que estava frouxo estava de
volta em sua cabeça. Ele veria Peter novamente sem
ser convidado, iria ainda mais duro com ele.

Ele deu a volta na Campbell Parade, onde foi
atingido pelo vento vindo de Bondi Surf. A praia
parecia deserta, mas sempre havia pessoas
caminhando e nadando, não importava a temperatura.
Ele podia ver alguns caminhantes, surfistas, mas
nenhum nadador. Em sua juventude, ele vinha até
aqui e nadava em todas as épocas do ano. Um
bodysurfer, não um surfista.

Ele viu Annie sentada do lado de fora sob um
guarda-sol marrom. Alguns fios de cabelo loiro saindo
de baixo do moletom vermelho. Com um latte na
frente dela, ela era a única do lado de fora, fumando

um cigarro. Ela tinha bochechas rechonchudas; ele imaginou que ela era, se não gorda, um pouco fofinha por baixo do moletom. Seus olhos eram verdes. Eles olharam diretamente para ele.

Ele se sentou, estendeu a mão e disse, 'Sou Carter; você pode me chamar de Cash.'

Annie apertou sua mão e disse, 'Annie.'

'Você não fuma Kent?'

'Não, por quê?'

'Sempre me surpreendo com quantos jovens ainda fumam.'

'Eu não entendo.'

'Qual dos amigos de Tanya fuma Kent?'

'Mac fuma.'

'O namorado dela?'

'A namorada dela, Angie. O nome dela é Angie McAndrew. Eu a chamo de Mac, mas ninguém mais chama.'

'Como posso encontrá-la?'

'Tenho o celular dela.'

Ela leu para ele, e ele discou o número no celular.

'Bom, mas eu não sei o que diabos está acontecendo aqui? Perguntei a Peter se ela tinha namorado ou namorada. Ele disse não. Ela está desaparecida... algo *ruim* pode ter acontecido com sua amiga e você e aquele idiota, Peter, parece não dar a mínima.'

'Oh, oh, uau. Hum. Angie mora em North Bondi. Falei com ela há alguns dias. Nenhuma de nós sabe de nada.'

'Nada. Ela desapareceu. Pfft. Assim.'

'Eu gostaria de saber, realmente. Eu faço. Eu não sei o que dizer.'

'O pai dela não a vê há três semanas. Nenhum

contato. Peter disse que a viu na quarta-feira, três semanas atrás. Ela deveria trabalhar na Fever na quinta feira. Ela foi?'

'Sim. Eu penso que sim. Sim, ela foi. Foda-se, quero dizer, claro. Eu estava lá.'

'Com quem ela saiu?'

'Com Angie.'

'Tem certeza disso?'

'Sim.'

'Você a viu desde então?'

'Não.'

'Onde elas estavam indo?'

'Angie tem uma casa na costa sul em Nowra.'

'Elas foram lá?'

'Eu penso que sim.'

'Quando ela desapareceu, então?'

'Ah, não a vejo desde quinta-feira.'

'Ganhamos um dia nisso. Já não desaparecida há três semanas. Apenas vinte dias agora.'

'Certo,' disse ela, confusa.

'O que Angie disse que aconteceu?'

'Ela disse que elas passaram três dias lá, voltaram. Ela a deixou na casa de Darlo.'

'Isso seria domingo.'

'Sim.'

'Ganhamos mais três dias.'

'Peter estava lá?'

'Não sei.'

'Me dê um segundo.'

Ele ligou para Peter.

'Alô.'

'Peter, aqui é Thompson. Você estava em casa no domingo quando Angie deixou Tanya lá dezessete dias atrás?'

'Huh?'

'Você me ouviu.'

'Oh, eu não estava não. Eu te falei isso—'

'Você me disse que ela também não tinha namorada.'

'Eu... eu não sabia que ela era. Eu pensei—'

'Voltarei aí para vê-lo.' Ele encerrou o telefonema. Perguntou a Annie, 'O que você acha que aconteceu com ela?'

'Acho que ela conheceu um cara e está com ele em algum lugar, escondida.'

'É mesmo? Ela balança para os dois lados, então?'

'Não é todo mundo?'

'Fodido se eu sei. Por que dizer um cara?'

'Ela já tem uma garota.'

'Mais alguma coisa que você possa me dizer?'

'Acho que não estou tão preocupada quanto o pai dela. Ela é uma garota esperta. O pai dela pode ser, er, um pouco superprotetor.'

'Bom. Eu precisava ouvir isso.'

Annie sorriu.

'E o chefe dela no clube, amigo de Peter?'

'Ele está cheio da grana. O clube está pegando fogo. O nome dele é Blake. Meu chefe também, mas ele mal fala comigo. O gerente do bar cuida de mim. Eu realmente não o conheço.'

'Você não dança?'

'Sem chance. Estou atrás do balcão.'

'Posso ter o endereço de Angie? O endereço em Nowra também.'

'Dê-me seu número de celular novamente. Vou enviar agora.'

Ele deu.

'Você pode relaxar um pouco também?' ela perguntou.

Ele riu. 'Desculpe, acho que Peter me fodeu. Você sabe o motivo?'

'Peter pensa que é Andy Warhol ou algo assim. Cuidar de meninas, conseguir empregos para elas, treiná-las para serem legais.'

'Tem outras garotas?'

'Vá à casa dele numa sexta à noite, você verá.'

'Eu vou. Você pode me enviar seus links de mídia social? Os de Peter também?'

'Sim,' ela disse, abaixou a cabeça para o celular e começou a clicar como louca. Algumas mensagens atingiram sua caixa de entrada de texto.

'Obrigado,' ele disse e perguntou novamente, 'Algo mais que você pode pensar? Antigos namorados?'

'Não.'

'Onde está o garçom?'

'Você tem que pedir no balcão.'

'Oh.'

'Devo ir embora,' ela disse a ele.

'Tudo bem.'

'Acho que ela vai aparecer logo,' disse Annie. Virou, foi embora.

Ele decidiu contra o café. Sua cabeça estava girando com informações. Ele caminhou até a loja de surfe na Campbell Parade que estava lá desde antes de o dinheiro entrar no início dos anos 90. Comprou uma toalha, uma bermuda. Atravessou correndo a Campbell Parade, desceu rapidamente o parque pelo caminho de cimento. Virou à esquerda no estacionamento e entrou no grande pavilhão. Organizou um armário, trocou de roupa, manteve a camisa vermelha. Fazia cerca de doze graus, não mais, pendurou a toalha no ombro, caminhou direto para as bandeiras.

Tirou a camisa vermelha, enfiou o alfinete de segurança que lhe deram na bermuda com a chave do armário presa. Andou alguns metros antes da arrebentação, correu, depois pulou na água, mergulhou sob uma pequena onda quebrando, com a cabeça congelando. Então ele explodiu de volta para o outro lado da onda, quase deu um grito, mas abaixou a cabeça e golpeou ainda mais. Através de outro conjunto, ainda mais longe, bem na parte de trás, onde as ondas começaram a aumentar.

Ele costurou a água, sua cabeça balançando junto com a corrente, a puxada. As nuvens estavam roxas no horizonte, mas ele ainda sorria. Esquecendo uma garota desaparecida, sua namorada desaparecida, o pobre Mick e o grande Aaron. Adam e Steele. Descanso de todos eles por alguns minutos.

Começou a chover. Ele era o único no fundo. As pessoas andando na praia pareciam bonecos, os ônibus, carros subindo e voltando na Campbell Parade como brinquedos.

Ele morava em Bondi durante o último caso com Steele, quando seu melhor amigo Ari foi morto por Sally Bois. Ele teve vingança, paz também. Mas aqueles malditos viciados em cristal, Chantal de volta à cena. Adam e aquele bandido.

A chuva caiu. Ele sentiu na cabeça, continuou sorrindo enquanto nadava mais perto da costa, onde poderia pegar algumas ondas. Teve paciência, viu a que queria, esperou, cronometrou a execução de entrar na onda muito devagar, nadou forte, chegou a tempo, foi carregado em alta velocidade, estendeu o braço direito à frente, guiou-se ao longo da onda—pura alegria, euforia. A onda quebrou. Ele nadou de volta para fora. Repetiu a dose quatro ou cinco vezes, depois saiu. Agarrou a camisa, correu pela praia com a toalha para o banho quente.

Cara. Foi fantástico.

De volta ao carro, ligou para Doug Lever e contou tudo o que havia acontecido. O que Annie disse a ele sobre não ficar muito preocupado. Não mencionou o que ela havia dito sobre ele. Ainda não. Cash achou que podia sentir Lever se acalmar um pouco com o que havia lhe contado sobre Annie.

Ele ligou para a infame Angie, não conseguiu falar, deixou três mensagens. O estresse voltando momentaneamente quando ele não conseguia pegá-la. Ele ligou o carro, afastou-se do meio-fio. Ele instalou um sistema de som sofisticado e disse, 'Toque Billie Holiday.'

Ela cantou 'Lover Man.' Ele sorriu; tudo estava bem com o mundo, pelo menos por um curto período de tempo.

Ele estacionou o carro na frente de sua geminada em Erskineville, abriu a porta da frente meio que esperando que Aimee tivesse voltado. Ela não tinha. Nem mesmo um telefonema.

Merda.

Ele tinha estragado tudo, mas também não tinha escolha. Desta vez, afinal. Ele viu seu laptop na mesa da cozinha, sabia que deveria verificar todos os jogadores no caso Tanya, mídia social, menções de qualquer tipo em qualquer lugar. Ele não fez. Ele entrou em seu quarto. Tirou os sapatos, meteu-se debaixo do edredom e adormeceu quase instantaneamente.

CAPÍTULO OITO

Adam e Gina estavam no quarto de Adam. Eles tinham um pouco de heroína. Adam queria injetar, tentar de novo dessa maneira. Gina ficava feliz em cheirar. Eles concordaram em cheirar duas carreiras cada um, guardando o resto para mais tarde, quando voltassem da boate. A atração já estava começando—a atração da heroína para usar mais, para guardá-la para quando parecia atingi-los melhor.

Ele colocou uma mesinha de café de vidro ao lado da cama. Sua mãe (separada de Steele) havia lhe dado a mesinha de café porque sabia que ele gostava de tomar café na cama pela manhã. Criança mimada que ele era. Hoje em dia, o café vinha acompanhado de dois cigarros, depois uma segunda xícara com um baseadinho para relaxar ou despertar se quiser. Chapado era o novo normal. Gina também gostava de fumar maconha, mas no final do dia, depois que todas as coisas que ela queria realizar eram feitas. Ela veio de pais protestantes com sua ética de trabalho intacta. Adam era uma má influência, mas ela estava naquele ponto de sua vida em que isso era legal. Ela ria quando dizia isso a ele depois da maconha ou H. 'Você é uma má influência para mim.'

Ele borrifou um pouco de heroína esbranquiçada na mesa. Pegou uma lâmina de barbear (mais legal que um cartão de crédito), separou em quatro linhas. Ele teve a primeira linha pelo nariz em segundos. Ofereceu a Gina a nota de vinte dólares que havia usado; ela foi em frente. Ambos sentindo um burburinho de prazer instantâneo. Ele fez a segunda linha; ela fez sua segunda linha.

Ela tirou a camiseta azul. Ela não estava usando sutiã. Ele tirou a camiseta verde. Eles começaram a se beijar, lentamente, languidamente, depois mais ferozmente, com mais paixão. Ele começou a tirar as calças de cordão dela. Ela saiu da cama, ficou em pé diante dele. Ele puxou-as para baixo, depois a calcinha amarela dela até chão; ela saiu dela, abriu os pés. Ele beijou seu estômago, acariciou seus mamilos. Ela suspirou profundamente.

Ele passou as mãos pela bunda dela de leve, passou pelas pernas dela, a fez abrir mais os pés. Ele colocou a mão em sua boceta molhada; ela suspirou novamente. Ele usou o dedo médio para esfregar seu clitóris suavemente, lentamente, mais e mais, ao redor e ao redor. Ela começou a gemer, ele continuou. Ela agarrou o cabelo dele, segurou-o apertado em suas mãos. Ele continuou passando o dedo por todo o clitóris molhado. Ela afastou ainda mais os pés, agarrou o cabelo dele com mais força; ele a beijou e a acariciou. Ela gemeu alto, agarrou seu pênis enquanto ele ainda acariciava seu clitóris.

Ela disse, 'mais devagar, baby.'

Ele diminuiu a velocidade. Ela suspirou

novamente, tocou levemente a mão dele, moveu-a uma fração mínima. 'Assim,' disse ela.

Ele manteve o dedo ali, movendo-o lentamente para cima e para baixo no local para o qual ela o havia guiado.

Ela gemeu alto. 'Sim, querido, sim, *aí*.' Ele beijou seus seios, lambeu seus mamilos. 'Aah, ahh, sim... sim, aaaah.' Ela gozou com força. Segurou a cabeça dele nos seios dela, agarrou o cabelo dele novamente com a outra mão. Segurou firme por alguns momentos, sua respiração desacelerando. Ela deu uma risadinha e disse, 'Ooooh porra, fica muuuuito melhor depois de cheirar um pouco de H. Uau.'

Ela riu de novo, balançou a cabeça, olhou para ele e disse, 'Sua vez agora.'

Ele sorriu para ela através de uma névoa de heroína.

Depois, ela o beijou suavemente. Ele se virou de lado para a mesinha de café ao lado da cama e disse a ela de costas, 'Vamos ficar em casa, fazer o resto disso aqui, agora.'

Ela colocou o braço em volta da cintura dele e disse, 'Sim, foda-se sair. Isso é incrível. Faremos as linhas. Eu quero que você me foda desta vez. Logo depois de cheirar, sim.'

'Qualquer coisa que você quiser.'

'Vamos precisar de mais depois, talvez.'

'Posso ligar para Nikolay, mas amanhã talvez. Ainda tenho a erva que ele nos deu de graça.'

'Legal. Corte as linhas. Vamos fazer isso.'

Uma felicidade hedonista desceu sobre os dois.

Nikolay, o animal exótico, ficaria satisfeito. Ele queria que eles usassem.

———

Nikolay os conheceu em um clube em Darlinghurst cerca de um mês antes. Ele havia se apresentado de maneira ligeiramente bêbada, mas não estava bêbado; ele viu uma oportunidade, fez o que Hassan o encorajou a fazer. Adam e Gina estavam com um grupo de amigos. Ele estava vestido com jeans apertados, camiseta branca. Seus bíceps saindo da camiseta muito apertada. Ele tinha uma cobra tatuada no pescoço. Este era um sinal da máfia russa Vory de vício em drogas no passado. Um caixão tatuado em um antebraço era o sinal de um assassino. Ele tinha tatuagens de amor/ódio nos dedos de ambas as mãos.

Adam e Gina viram tudo isso sem ler seu significado, mas pensaram que ele era um homem selvagem. Em seu peito, invisíveis, havia notas de dólar e arranha-céus. Um aceno para seu tempo nas prisões americanas. A princípio, eles pensaram que ele era estúpido. Ele os deixava desconfortáveis, mas também os fazia rir de um jeito bobo. Ele então começou a contar histórias de tráfico de drogas. Ele contou a eles como foi cobrar uma dívida de um notoriamente mau pagador. O homem implorou a ele por mais tempo.

'O tempo acabou para este,' disse ele. 'Peguei um pano de prato em um cabideiro da cozinha, enrolei no pescoço dele e comecei a sufocá-lo. Ele desmaiou. Fui dar uma volta pelo apartamento dele. Encontrei na caixa de descarga do vaso sanitário pacotes de dinheiro em sacos de plástico. Cinco mil dólares. Esse idiota só devia dois mil ao meu chefe. Ha-ha-ha.'

Adam e seus amigos se entreolharam, reviraram os olhos, mas riram junto com ele.

'Espere, a melhor parte está chegando. Entro no quarto dele, arrebento tudo, encontro sacos de heroína, comprimidos de E.' Ele continua rindo, perguntando, 'Eu encontrei ouro, não?'

'Sim,' todos eles riram.

'Mas não era isso. Eu pensei, não, deve haver mais. Voltei para a cozinha. Esse cara, ele acorda. Eu mostro a ele o dinheiro, as drogas. Vejo a expressão de dor em seu rosto.'

'Por favor, por favor,' ele me diz. 'Devo esse dinheiro a Viggo.'

'Viggo não quer mais, digo a ele, rindo. Esse cara está me deixando doente. Eu o chuto na cabeça, depois nas costas, nos rins. Estou fazendo uma bagunça com ele. Meu chefe me disse para fazer dele um 'exemplo.'

Adam e Gina estão se abraçando; os outros estão fascinados.

'Aí ele começa a se cagar, esse cara. Você consegue entender? Eu vejo a mancha em seu cu. A mancha de merda se espalhando pelas pernas porque ele está de shorts—shorts azuis ficando marrons,' ele riu. 'Pego um balde na lavanderia, jogo em cima dele, no chão da cozinha, que cheiro ruim.'

Nikolay faz uma pausa. Um segundo. Dois segundos.

'O que aconteceu?' Adam pergunta.

'Eu atirei nele. Eu tinha um silenciador. Eu atirei nele. Fim da miséria. Fim da merda. Volto à lavanderia para pegar um lençol para cobrir ele. Quero continuar procurando sem ver esse cara morto.'

Ele faz uma pausa novamente. 'Pego um lençol no cesto de roupa suja. Merda. Foda-me. Tem mais dinheiro, mais drogas no cesto de roupa suja. Terminei. Fim da história.'

'Mas,' Adam disse, 'é verdade? O que aconteceu? A polícia, quero dizer.'

'É uma boa história, não é?' Ele perguntou, rindo. 'Não é verdade, mas é uma boa história.'

Adam e seus amigos riram como loucos. Gina estava meio tremendo, meio rindo.

Nikolay levantou-se e disse, 'Por minha conta agora. Eu assustei vocês. Eu compro bebidas para todos, ok?'

Foi assim que começou.

A história também era verdadeira.

CAPÍTULO NOVE

Cash acordou. Alongou, gemeu alto. Levantou-se de debaixo do edredom. Entrou na cozinha, fez café. Sentou-se à mesa vermelha da cozinha na cadeira vermelha. Eram dez da noite. Telefonou para Aimee, ela atendeu.

'Oi.'

'Ei, você,' disse ele.

'Onde você está?'

'Em casa.'

'Como está o Mick?'

'Ele foi operado hoje para retirar a bala, consertar a clavícula.'

'Você o viu?'

'Só esta manhã.'

'Como foi seu novo cliente?'

'A garota desaparecida? Fiquei preocupado depois de falar com o pai dela. Então eu conheci seu colega de apartamento. Ele é um peixe estranho. O radar disparou... sabe como é?'

'Eu sei como *você* é.'

'Certo. Conheci a melhor amiga dela, Annie, que acha que ela conheceu um cara. Sua ambivalência me deu confiança. Os melhores amigos sabem dessas coisas, ou já fizeram. Mas ainda estou preocupado.'

'Tenho a sensação de que este já fisgou você.'

'Você vem?'

'Não.'

'Quando você vem?'

'Você sabe a única coisa que eu disse: fique longe daquela vadia com quem você me traiu. Você sabe disso.'

'Também consegui um segundo trabalho. O filho de Steele. Ele quer que eu o siga. Ele pode estar em maus lençóis com alguns traficantes de drogas.'

'Ignore o que eu disse Cash; vai embora.'

'Sinto muito. Eu precisava de um advogado. Ela me trouxe o caso da garota desaparecida. Eu—'

'Fique longe dela. Diga a ela 'não.' Não trabalhos. Não foder. Não chamadas. Não ser sua advogada.'

'Eu vou, eu vou. Este caso com Adam, filho de Steele. É interessante. Esse cara estava na casa em Glebe e—'

'Eu posso dizer pelo som da sua voz o que está acontecendo. Você está viciado em ambos os casos. Eu reconheço quando você pega esses grandes casos, pessoas desaparecidas. Isso consome você.'

'Ligo para você amanhã.'

'Me liga todos os dias. Eu te amo. Por favor, não entre em contato com ela novamente. Eu saberei.'

'Eu não vou.'

Aimee era uma garota sino-australiana por quem ele se apaixonou depois de conhecê-la em um café em Darlinghurst. Desde o início, eles eram inseparáveis. Então ele conheceu Chantal através de um cliente. Ela usava roupas caras e sensuais. Ela era inteligente. Isso era o que ele mais amava. Como ela era inteligente. Implacável também ele havia observado, tudo tão apressado. Sua filha não falando com ele abalou-o profundamente. Ele fez uma anotação mental para tentar contatá-la novamente amanhã.

Ele fez um segundo café. Pensou no dinheiro que recebera hoje. Era uma bolada decente. Às vezes, aqueles jogos na sala dos fundos do lugar de Eyden ficavam grandes e ele tinha que sair, mas não naquela noite, pensou. Se ele ganhasse alguns jogos antes, aumentasse ainda mais sua bolada... tudo poderia acontecer.

Ele abriu seu laptop, foi para a página do Facebook de Tanya Lever. Havia uma foto dela em um vestidinho preto como foto de perfil. Ela parecia linda, embora diferente da foto dela dançando na jaula. Menos selvagem. Mais petite. Ela não marcou nada como seu trabalho ou sua antiga escola, mas se declarou solteira. Talvez ela estivesse quando abriu a conta, mas não mudou nada desde então. Ele foi aos posts. A última postagem foi há exatamente quatro semanas. Ela e Annie estavam de braços dados em um clube, segurando copos para a pessoa que tirou a foto. Ambas usavam jeans justos, tops curtos. Sorrisos radiantes. A vida não era boa, diziam, era ótima pra caralho! Mas ele sabia por experiência própria a falsidade do Facebook. A vida das pessoas pode parecer maravilhosa, mas quando você as investiga, a história é diferente. Em seu trabalho, ele tinha motivos para investigar muito mais do que a pessoa comum que poderia estar checando seus amigos ou inimigos.

Ele passou pelas postagens, em sua maioria imagens felizes do tipo parecido, mas ela gostava de comentar o que estava assistindo na Netflix ou em outros serviços de streaming, muito mais do que o simples, *adorei*. Ela dava revisões do tipo forense.

Ele verificou todos os comentários para ver se havia um padrão de abuso ou discordância de alguém. Não havia. Exceto que havia um cara que ficava dizendo coisas como, ' Tudo bem, cara, vimos isso há muito tempo ou por que tão sério, me dê um tempo, não foi tão bom' e assim por diante. Seu nome era Bent. Se era um apelido ou um nome próprio, ele não sabia ao olhar o perfil de Bent. Não havia fotos de Bent. A foto do perfil era uma foto de Ally Sheedy do *O Clube do Café da Manhã*. Sem idade dada, sem escolas, sem localização, sem nada. Mas Bent não era um troll, não ao olhar para seus posts. Ele postou muita música dos anos 60 e 70.

Ele decidiu que era uma toca de coelho que ele não iria descer. Ele olhou todo o caminho de volta através dos posts de Tanya. Ela havia se juntado há quatro anos. Nada mais se destacou como ruim. Sem postagens abusivas de outras pessoas. Annie também havia enviado seus links do Instagram e do Tik Tok para Tanya, mas ele havia terminado. Ele entraria nisso amanhã.

Ele ligou para Angie novamente. Deixou mais três mensagens. Ele também tinha o endereço de Annie em Nowra. Ele não conhecia ninguém por ali. Valia a pena dirigir? Ele pensou que sim. O lugar perfeito para fugir, não muito longe. Pertencer à namorada tornaria mais fácil ter uma chave. Se Angie atendesse o telefone, porra, a vida seria mais fácil.

Ele tomou banho. Já era quase meia-noite. O jogo teria começado ou estava prestes a começar. Eyden havia dito a ele da última vez que ele sempre teria um assento à mesa. Ele precisava saber sobre aqueles viciados em cristal também. Que diabos? Poderia ter sido pior, muito pior.

Ele vestiu uma Levi's preta, uma camisa polo azul-escura, paletó preto. O dinheiro ainda estava dentro quando ele o vestiu. Ele calçou botas marrons de amarrar. Pegou as chaves do carro em um cinzeiro vazio na mesa da cozinha. Saiu pela porta, hesitou por um minuto. Essa garota estava desaparecida, seu pai estava preocupado, ele deveria —não, ele já tinha feito o suficiente por hoje. Annie pensou que ela estava segura, com um garoto em algum lugar.

Ele caminhou pelo corredor, abriu a porta. Chuva fina caía; estava frio, mas o fazia se sentir vivo. Entrou no carro, ligou o motor e disse, 'Toque Ella Fitzgerald.' Sua mãe era a influência do jazz, seu pai rock e country. Quando ele saiu para a rua, Ella começou a cantar sobre um dia nublado.

———

Havia cinco deles jogando pôquer de cinco cartas, sem curinga. Um cara Turco chamado Bey, que era amigo de Eyden. Um jogador profissional chamado Anton Hennesy. Dois caras Gregos jogando no bar de narguilé pela primeira vez, e Cash. Ele estava indo bem, era um par de grandes. Cash era um jogador conservador, a menos que visse a abertura, então ele apostava tudo. A estratégia estava funcionando. Ele ganhou outra grande mão.

O cara Turco disse, 'Sortudo fodido esta noite.'

'Nada a ver com sorte.'

'De qualquer modo, quem é você?' perguntou o Turco.

'Eu te disse meu nome. Assim como Eyden quando fez a apresentação quando me sentei.'

'Sorte esta noite.'

'Nada a ver com—'

'Eu ouvi você da primeira vez.'

Eles continuaram jogando. Hennesy também estava ganhando, mas não muito. Pagaria por seu quarto de hotel, jantar, algumas bebidas. Ele jogava aqui para praticar, para se manter atento quando jogasse os grandes jogos.

Os caras Gregos e Bey perdiam constantemente. Os dois Gregos de meia-idade estavam mais interessados em beber do que em tentar aprender o jogo. Eles não eram jogadores de pôquer pela primeira vez, mas não tinham experiência. Eles estavam lá para dizer que jogaram pôquer a noite toda. Uma história.

Então Hennessey disse depois de ganhar outra mão, 'Eu tenho que ir.'

Eyden estava assistindo disse, 'Obrigado por ter vindo. Você pode jogar aqui a qualquer hora.'

'Virei, obrigado.' Ele se levantou, saiu.

'Talvez eu também esteja fora,' disse Cash.

'Ei, Senhor Cash, quero meu dinheiro de volta,' disse Bey.

'Não esta noite, campeão. Estou indo embora.'

'Seu filho da puta. Vá embora,' disse ele.

'Já estou farto de você. Venha para fora, eu vou chutar—'

'Ei, ei, disse Eyden, o jogo acabou esta noite, eu acho. As coisas estão um pouco complicadas.'

Eram 4 horas da manhã.

'Cash, venha para o bar da frente; vamos pegar uma bebida para você, algo para comer.'

'Não, estou indo, obrigado. Mas posso dar uma palavrinha?'

'Claro.'

Eles entraram no escritório de Eyden. Cash perguntou, 'Por que você não me disse que aqueles dois eram viciados em cristal? A cobrança da dívida foi uma merda, mas tenho a sensação de que você sabe disso.'

'Eu sabia que eles usavam. Eu não sabia que estava fora de controle. Você está em—'

'Não estou sendo acusado, mas provavelmente você pode esquecer seus dez mil.'

'Tenho alguns trabalhos para você. Eu vou fazer isso bem. Alguns bons trabalhos de cobrança de dívidas. Ligo para você por volta das quinze horas amanhã; conversaremos.'

'Tudo bem, eu tenho que ir.' Cash partiu.

Eyden voltou para Bey e disse, 'Não funcionou. Achei que ele poderia começar algo imediatamente. Então você poderia fazer isso em retaliação, mas ainda não acabou. Eu fui pago para isso.'

———

Cash estacionou o carro na frente de sua casa. Subiu o caminho. Colocou a chave na porta. Algo duro o atingiu na nuca. Ele caiu rápido. Olhou para cima. Bey estava parado acima dele.

'Você atirou no meu amigo. Colocou-o no hospital. A namorada dele está quase morta.'

Bey atacou, chutou Cash na lateral da cabeça, desorientando-o ainda mais. Ele caiu, esperou pela surra. A barra de ferro caiu. Cash moveu a cabeça rapidamente para a direita. Um movimento de boxe do chão de lona. Uma lembrança. Bey trouxe a haste de aço de volta. Cash atacou, raspou a bota nas canelas de Bey, com força, picou-o. Cash rolou para o canteiro do jardim, rolou uma segunda vez e levantou-se cambaleante.

Bey bateu a barra de aço em seu braço direito. Cash desferiu três golpes de esquerda no lado direito da cabeça de Bey. Pop, pop, pop. Bey girou para longe. Atacou-o novamente com a barra. Cash recuou, ainda grogue. Bey balançou o braço forte, mas redondo. Tempo suficiente para afastar Cash, mas ele tropeçou ao voltar para o caminho, a barra de aço o acertou na boca, quebrou alguns dentes. O sangue entrou em sua boca. Ele tentou se manter firme.

Faróis iluminaram os dois. Bey congelou. Cash o acertou com uma boa mão direita sob as costelas. Quebrou algumas. Bey largou a barra de aço. Correu. Mas o carro estava simplesmente fazendo uma manobra de três pontos. Bey estava descendo a rua, inseguro sem sua arma. Cash caiu no chão, exausto, ferido. Sangue pingando de sua boca. O carro partiu. O motorista não querendo parar, mesmo tendo visto o sangue, a barra de aço.

Cash chegou à porta da frente, a chave ainda na fechadura. Abriu. Entrou o mais rápido que pôde. Fechou a porta. Encostou as costas na parede. Caiu em um agachamento. Suas mãos tremiam.

Essa foi a primeira vez.

Merda.

Ele olhou para suas mãos, incrédulo. Empurrou-se lentamente para trás. Eyden, ele pensou. *Que porra?* A cobrança da dívida foi uma armação? O que ele tinha feito para Eyden? Eles eram amigos. Foi alguma *coisa* ou *outra* pessoa? Estes últimos dois dias—foda-se o inferno.

No banheiro, ele lavou a boca. Faltava um dente do lado esquerdo, outros três ou quatro haviam sido quebrados. Ele pensou que deveria sentir mais dor, mas então sentiu a nuca, as costas onde a barra de aço havia caído. Machucado. Tudo o atingiu de uma vez. Ele engasgou quando olhou no espelho de choque e dor. Caminhou muito lentamente de volta para a porta da frente. Certificou-se de que estava trancada. Andou pela casa certificando-se de que todas as janelas estavam trancadas.

Suas mãos ainda tremiam um pouco.

Foda-se.

Chega de pôquer. De certa forma, foi um alívio. O que diabos ele estava fazendo lá? Não era sua cena. Ele estava tentando ser algo que não era.

'Frouxo,' dissera Steele.

Ele havia desistido da alta vida quando conheceu Aimee. Parou de usar anfetamina, parou de beber a noite toda. O que estava acontecendo com ele? Ele foi para a cama. Ajustou o alarme para o meio-dia. Ele teria que ver seu médico, encontrar um dentista. A dor piorou. Ele abriu a primeira gaveta da cômoda ao lado da cama. Tirou quatro Panadol do pacote, engoliu-os a seco, pois achava que não conseguiria andar de um lado para o outro até a cozinha. Não havia suíte nesta velha casa. Ele fechou os olhos. Esperando que o sono viesse rapidamente.

CAPÍTULO DEZ

Eʟᴇ ᴀᴄᴏʀᴅᴏᴜ às ᴅᴇᴢ ᴅᴀ ᴍᴀɴʜã. Sᴇᴜ ᴘᴇsᴄᴏço, braço direito e costas doíam um pouco. Nada quebrado, ele pensou, apenas hematomas. Sua boca estava dolorida. Ele passou a língua sobre os dentes quebrados afiados, tateou o espaço onde o dente pequeno na fileira de cima estivera. Ele olhou para o celular na cômoda. Pegou. Aaron ligou algumas vezes. Ele apertou o botão de rediscagem. Começou a chamar.

Aaron atendeu rapidamente. 'Cara, cara, você deveria vir agora.'

'O que?'

'Eles operaram ontem à tarde, mas a ferida... há alguma infecção. É sério.'

'O que? Merda. Quão ruim é isso?'

'Ele pode não sobreviver.'

'Assim? Tão rápido?'

'Eu não sou um maldito médico, Cash. Venha aqui, *agora*.'

'Sim, Sim. Eu estarei aí.'

Foda-me. Este mundo poderia ficar pior? Ele ligou para Aimee.

'Ei.'

'Você deveria vir e ver Mick.'

'OK.'

'Ele está muito mal, Aaron disse. Algo a ver com uma infecção. Talvez da bala. A operação para retirá-la, consertar a clavícula—ele está infectado. Aaron está estressado. Disse apenas que eu deveria ir agora.'

'Pode vir me buscar?'

'Sim, mas, hum...'

'O que?'

'Nada. Vou tomar um banho, vou logo.'

O banho foi doloroso, ele estava curvado como Quasimodo. Saiu. Tomou alguns analgésicos. Entrar no carro foi pior. Ele havia limpado a boca, mas estava inchada e roxa, o dente faltando era óbvio.

Ela entrou no carro quando ele parou na frente, inclinou-se para beijá-lo e disse, 'Jesus, Cash. Que porra é essa?'

'Fui emboscado na porta da frente ontem à noite. Um amigo dos dois drogados nos quais atirei. Ele estava no jogo de cartas no Eyden. Você ficará feliz em saber que não voltarei lá.'

Ela começou a rir.

Cash balançou a cabeça e perguntou, 'O quê?'

'Você não parece bem, Cash. Eu sei que você gosta de pensar que é muito gostoso também, mas não no momento.'

Ela continuou rindo, ele balançou a cabeça, começou a rir também. Ele não era de cair na gargalhada, mas o muro da represa quebrou e os dois riram muito, se abraçaram, se acalmaram, continuaram sorrindo. Ele saiu do meio-fio sentindo-se melhor até se lembrar para onde estavam indo e o motivo. Ele disse, 'Toque "My Baby Just Cares for Me".'

Nina Simone começou a cantar.

Aimee disse, 'Eu te amo, querido.'

'Eu também.'

———

Aaron estava sozinho no quarto do hospital. A namorada dele tinha ido trabalhar. Mick estava conectado a algumas máquinas. Não parece bom.

'O que diabos aconteceu com você?' perguntou Aaron.

'Vem com o trabalho,' disse ele, arrependendo-se instantaneamente. Balançou a cabeça. Disse, 'Esqueça sobre mim. O que está acontecendo aqui?'

'Ele está inconsciente,' disse Aaron.

'Como isso aconteceu?'

'O médico disse que pode acontecer, como uma coisa estranha. Os germes entram na ferida por meio de equipamentos não esterilizados, funcionários do hospital e até mesmo germes no ar. Pode ser uma enfermeira ou...'

Aaron se abraçou. Aimee colocou o braço em volta dele. Cash pôs a mão na nuca de Aaron, apertou com força e disse, 'Sinto muito, cara. Desculpe irmão.'

'Não é culpa de ninguém. Ele está pendurado lá.'

'Acho que você deveria ir para casa, Aaron, você passou a noite aqui, não é?'

'Sim. Quero estar aqui caso ele acorde. Eu quero que ele veja a família. Eu sou a única família aqui. Todo mundo em Dubbo, não virão. Esperando.'

'Vou pegar um café,' disse Cash.

Ele caminhou pelo corredor, passou por uma

máquina de café e se dirigiu ao café principal no andar térreo para comprar algumas coisas decentes. Ele pediu três grandes e fortes cafés com leite, três grandes muffins de amora e chocolate branco. Esperou, ouviu seu nome ser chamado. Levou os cafés em uma bandeja, os muffins em três sacos de papel branco. Pagou com o cartão de crédito dele. Caminhou lentamente para trás, sofrendo fisicamente e agora, espiritualmente por Mick.

Por que Eyden fez o que fez? Cash tinha muito que descobrir. Não poderia deixá-lo ir. Eyden disse que ligaria às três da tarde. Cash não podia imaginar que ele faria isso agora. Ele também tinha dois casos para trabalhar. O tempo era importante em casos de pessoas desaparecidas. Ele pensou que talvez Doug Lever tivesse deixado passar muito tempo. Ele tinha que ligar para Angie novamente. Seguir Adam ou Gina, ou ambos. Descubrir para quem o russo trabalhava. Hassan provavelmente. Ele entregou os cafés e muffins.

O grande Aaron devorou o muffin, destruiu o café e disse, 'Oh, cara, obrigado, Cash. Eu precisava disso.'

'Você quer outro?'

Aaron deu de ombros e disse, 'Acho que preciso disso.'

Todos riram baixinho.

Aimee disse, 'Eu vou desta vez.'

'Eu também,' disse Cash, 'mais um café com muffin.'

Ela deu de ombros e foi embora.

Aaron disse, 'Eles chamam isso de ILS. Infecção do local cirúrgico.'

'Eles lhe dão as chances?'

'Cerca de três por cento para morrer, mas Mick está pior do que o normal.'

'Tem certeza de que não quer ir para casa, se refrescar?'

'Eu tenho que estar aqui se ele acordar.'

'Tudo bem. Mas ouça, grande homem. Eu tenho que continuar me movendo. Aimee vai ficar aqui com você. Conversamos sobre isso no carro. Ela vai ficar. Se você quiser tentar cochilar na cadeira ali' —ele apontou para uma cadeira acolchoada laranja no canto da sala— 'então vá em frente. Aimee não está trabalhando hoje. Acho que você contou à sua mãe sobre a infecção.'

'Ainda não, ainda não.'

'Tem certeza disso?'

'Não posso deixá-la preocupada por dias ou semanas com isso. É como um band-aid, irmão. Se isso acontecer, eu vou arrancar, dizer à ela. Caso contrário, vou aguentar firme.'

Aimee voltou. Os três beberam mais café, comeram em silêncio. Cash esperou mais uma hora e depois saiu. Dirigiu para Glebe. Parou no acostamento da Estrada Glebe Point, telefonou para Adam com seu número oculto. Ele respondeu.

Cash encerrou o telefonema. Adam estava em casa, isso era tudo que ele precisava saber. Isso seria um problema para ele. Era quinta-feira; hoje à noite ele iria para a *Fever*. Para ver as meninas dançando em jaulas. Incomodar o gerente, a menos que Tanya apareça. Ele estacionou a cerca de cem metros da casa de Adam. Telefonou para um dentista. Conseguiu para a uma da tarde em Darlo.

Abriu o porta-luvas. Ele tinha binóculos que ele tirou. Ele poderia não precisar deles se permanecesse fresco e ensolarado como agora. Ele acendeu um cigarro. Excepcionalmente, foi o primeiro do dia. Abriu a janelinha triangular, jogou um pouco de cinza para fora.

Terminou o cigarro.

Telefonou para Angie.

Ela respondeu. 'Alô.'

'Angie?'

'Sim, quem é?'

'Meu nome é Carter Thompson. O pai de Tanya me contratou para encontrá-la. Ela está desaparecida há quase três semanas, mas você sabe disso.'

'Eu... não tive notícias dela. Não sabia que ela era considerada desaparecida.'

'O que você a considera?'

'Não mais minha amiga... a menos que ela tenha um bom *motivo* para não entrar em contato comigo.'

'Certo.'

Cash não sabia o que pensar. Ele tinha que vê-la, falar com ela, ver sua linguagem corporal. 'Podemos nos encontrar mais tarde hoje?'

'Que horas?'

'Que tal às duas da tarde?'

'Onde?'

'Você estará em casa?'

'Sim, e sim, isso seria bom. Tanya é preciosa. Não entendo tudo isso.'

'Dê-me seu endereço, depois conversamos direito.'

Ela fez.

Ele colocou o celular no bolso do paletó. Houve movimento fora da casa de Adam. Ele e Gina estavam entrando em um carro. Ele levou o binóculo aos olhos; era um velho Humber. Ele sorriu. Ele sempre gostou daqueles velhos pássaros. Grande, volumoso, seguro.

Adam sentou-se ao volante, Gina no banco do passageiro. Eles se afastaram. Cash colocou um chapéu fedora escuro, ligou o motor e saiu do meio-fio alguns segundos depois deles. Ele seguiu cerca de cinco vagas atrás deles, três carros na frente dele. Eles se juntaram à Broadway, indo em direção à cidade. Ele seguiu. Eles viraram na Avenida Eddie sob a ponte ferroviária, subiram a colina à esquerda e entraram à direita na Rua Oxford. Cash teve que desacelerar; havia apenas um carro entre eles agora. Ele se perguntou para onde eles estavam indo quando viraram à esquerda na Oxford, ao lado do famoso muro, onde a maioria dos prostitutos de rua trabalhava na calada da noite e no coração de King Cross.

Eles dirigiram pelas entranhas da Estrada Darlinghurst, Cash ainda dois carros atrás deles. Eles seguiram a curva da estrada para a Rua Macleay, encontraram uma vaga de estacionamento em frente ao local onde aconteciam os mercados de fim de semana. Cash virou à esquerda na Rua Hughes e encontrou seu próprio lugar. Saiu rapidamente do carro, correu de volta para a Macleay, avistou-os enquanto voltavam para a Estrada Darlo. Eles não foram ao Razor Club. Entraram em um café na avenida principal, algumas lojas atrás do Motel Carrington.

Ele viu Nikolay sair do Razor Club, atravessar a rua e entrar no café. Cash passou direto por eles, cruzou para o outro lado, sentou-se à janela do bar em frente, observando. Ele não podia ver lá dentro, apenas esperar que eles saíssem.

Quinze minutos depois, eles saíram com Nikolay. Cash bebeu sua cerveja gelada e os seguiu, mas eles entraram no carro rápido demais para ele. Eles dirigiram pela Rua Macleay antes que ele pudesse chegar a seu próprio carro a tempo. Mas ele sabia. Foi confirmado agora que eles estavam na cama de alguma forma com Nikolay—e, por associação, Billy Hassan.

Ele ligou para Steele, contou o que aconteceu, pediu desculpas por perdê-los. 'Estarei de volta em Glebe amanhã. Não cometerei o mesmo erro novamente.'

'O que eu disse a você, Carter? Não fique frouxo. Volte ao jogo. Seja quem você era quando trabalhava para mim. A Procuradoria é para um bem maior.'

'Você tem razão. Estava frouxo.'

Essa maldita palavra, ele pensou.

'Amanhã retomamos, Carter,' disse Steele, encerrando o telefonema.

Ele tinha algumas horas antes de ir ver Angie. Ele dirigiu até o dentista. Consertou tudo da melhor maneira possível, consegui uma coroa temporária para o dente que faltava. Dirigiu a curta distância até o St Vincent's em Darlinghurst. Encontrou Aaron e Aimee sentados em cadeiras de plástico com almofadas laranja separadas no quarto de Mick. Aimee estava chorando. Os olhos de Aaron estavam vermelhos. Mick não estava na cama.

'O que está acontecendo?'

Aimee ergueu os olhos e correu para ele.

Ele a abraçou com força e perguntou, 'O que foi?' Já sabendo a resposta.

'Ele está morto. Mick está *morto*.'

Aaron olhou para cima. Baixou a cabeça. Carter sentiu uma onda de dor; então uma onda ainda maior de culpa se espalhou sobre ele. Ele tinha sido culpado. Seu primo havia morrido. Afetou toda uma família. A família dele. Eles éram irmãos, amigos. Sua risada maravilhosa. Cada vez que Mick entrava no carro com ele, havia uma pequena saudação e depois uma conversa sobre os trabalhos de coleta que eles tinham que fazer. Uma piada de Mick sobre um ou todos os trabalhos. A risada. Uma rotina. Uma maneira de viver.

Uma alegria.

Foi-se.

CAPÍTULO ONZE

Nikolay estava no banco de trás do Humber de Adam e disse a eles, 'Este carro é diferente. Não é um carro de fuga, mas diferente.'

Eles se entreolharam no banco da frente e riram. O sorriso de Gina poderia ter lançado mil navios; ela era jovem, bonita, apaixonada, despreocupada e todas essas merdas. A prova de balas. Adam estava feliz além das palavras. Ele lançou um rápido olhar para Nikolay enquanto eles dirigiam pela Macleay e perguntou, 'Para onde vamos, Nikolay? Para que lado?'

'Faça um retorno. Dirija por Kings Cross na Rua Victoria, vire à esquerda na Craigend, à direita na Nimrod. Mostro a casa quando lá chegarmos.'

'Quem é essa pessoa que estamos encontrando?' Gina perguntou.

'Hoje, conheceremos a suma sacerdotisa, seu novo contato. Sem ofensas, por favor. Gosto muito de vocês dois, mas meu chefe precisa de mim em todos os lugares. Esta é a sua nova conexão. Você quer algo, qualquer coisa, ela vai conseguir para você. Mas sinto muito, Senhorita Gina. Só Adam pode entrar. A suma sacerdotisa tem regras.'

'Qual o nome dela?' ela perguntou.

'O nome dela é Hathai,' disse Nikolay. 'É um nome raro que significa coração. Hathai é todo coração e calor.'

Cada vez mais curiosa agora por ter sido impedida de conhecer a suma sacerdotisa, Gina perguntou, 'De onde ela é?'

'Ela veio da Tailândia, mas ainda é jovem. Mais jovem do que nós três.'

'Que idade?' Adam perguntou.

'Dezenove.'

Adam virou na Rua Nimrod, dirigiu por cerca de cem metros. Nikolay disse, 'Aqui. Esta com a cerca baixa de tijolos. É aqui que Hathai mora.'

Adam e Nikolay saíram do carro. Adam em Levi's 501s, camiseta preta sob uma jaqueta azul escura. Nikolay em um terno preto sobre uma camiseta preta, anéis nos dedos, arrogante como sempre. Ele abriu o portão, entrou no pequeno quintal, seguido por Adam. Na porta da frente, ele agarrou a aldrava, bateu com força contra a porta, Adam parado atrás dele. Eles esperaram quarenta ou cinquenta segundos, então a porta branca foi aberta silenciosamente.

Nikolay sussurrou, 'Hathai, Hathai.'

Uma voz suave respondeu, 'Nikolay, é você?'

'Sim, e Adam. Lembre-se, eu lhe contei sobre Adam.'

'Sim, entrem.'

A porta se escancarou, mas tudo o que Adam viu foi um vislumbre de um amarelo brilhante caminhando por um corredor escuro. Ele seguiu

Nikolay; eles caminharam pelo corredor, seguindo as calças de harém amarelas. Longos cabelos negros caíam nas costas da túnica laranja dela; ela se virou para encará-los pouco antes da cozinha à esquerda.

Adam olhou para o rosto mais bonito que ele já tinha visto.

Olhos de gato em forma de amêndoa, verde esmeralda cintilante. Seus dentes retos, brancos e brilhantes, uma pequena covinha no queixo. Uma pitada de minúsculas sardas na ponta do nariz de botão. Ela viu Adam olhando para ela, curvou-se ligeiramente, olhando-o nos olhos o tempo todo.

Ele sorriu de volta para ela.

Ela disse, 'Adam, você é mais jovem do que eu pensava. Nikolay geralmente descreve as pessoas perfeitamente.'

Adam, com seu cabelo desgrenhado e barba macia, parecia para ela como se tivesse saído do set de *Scooby Doo*. Procurando rapazes e moças para se meterem em travessuras e Scooby, como Skippy, o canguru, salvando-os. Ela lhe daria travessuras.

'Nikolay, como sempre você está forte e lindo.'

Ele riu e disse, 'Estou à sua disposição.'

A voz dela era algo que Adam nunca tinha ouvido antes. Ele conheceu outras mulheres tailandesas em restaurantes e cafés, mas a dela era totalmente única. Como os pimentões, tinha calor, mas era macio e acolhedor também. Um canto de sereia. 'Venham vocês dois para a cozinha. Há negócios a serem feitos.'

Os três sentaram-se ao redor da pequena mesa circular de carvalho da cozinha em três cadeiras de madeira. A cozinha era grande, moderna, com bancada e superfícies de aço, exceto por uma enorme panela de arroz antiquada, amassada e arranhada que estava no chão abaixo da pia.

Ela perguntou com aquela voz de sereia para Adam, 'De quanto você precisa? Você está cheirando ou injetando?' Ela fez as duas perguntas com a mesma naturalidade com que perguntava sobre o tempo.

Adam sorriu para ela. 'Alguns gramas para mim e Gina, isso é tudo. Normalmente fumamos ou cheiramos,' ele mentiu para ela. Isso é o que eles *costumavam* fazer.

'Ah, você sabia que fumar heroína se chama perseguir o dragão?'

Adam sorriu de novo, não conseguia parar de sorrir, disse, 'Legal, perseguir o dragão, ha-ha.'

Nikolay disse, 'E seus amigos?'

'Sim, eu preciso de cinquenta gramas de maconha, um pouco de ácido ou E, se você tiver. Talvez vinte tabs,'—Nikolay sorriu ao ouvir isso—'e anfetamina, talvez dez gramas em sacos de um grama—'

Nikolay interrompeu, 'Se você puder aumentar o pedido da próxima vez, receberá seu uso pessoal de graça.'

'Adam,' disse Hathai, 'vou te dar a heroína de graça hoje. Tente fazer com que seus amigos se interessem e os amigos deles. Todos nós podemos ganhar muito dinheiro.'

'Meus amigos têm um pouco de medo de heroína.'

'Mas se eles virem você usando sem problemas nós—Nikolay e eu—*sempre* teremos seu uso pessoal coberto, quer você possa pagar ou não.'

'Ótimo, ótimo,' disse Adam.

'Chá para vocês dois?' ela perguntou.

'Sim.'

Gina sentada no carro ficando louca e com ciúmes. Era Nikolay fazendo isso, ela pensou. Mas, mais do que tudo, ela estava curiosa para vê-la. Para ver Hathai.

Bebiam chá e conversavam sobre nada. O tempo e assim por diante. Hathai acendeu incensos. Então disse, 'Venha comigo, Adam, vou pegar seu pedido.'

Ele a seguiu pelo corredor um pouco mais. Ela entrou direto no quarto, pegando a mão dele, guiando-o para dentro. Ela tinha uma grande cama de dossel com uma cobertura azul-clara, como um mosquiteiro, mas mais macia, mais bonita. Uma grande cómoda, roupeiros embutidos. Um espelho grande e comprido contra a parede em frente à cama. Ela se virou para ele e disse, 'Você é jovem e bonito.'

Ele estava em uma espécie de choque com sua beleza.

Ela o beijou nos lábios, suavemente.

Ele foi retribuir o beijo, mas ela afastou-se, sorrindo, e disse, 'Depois disso.'

Foi para o guarda-roupa embutido. Havia conjuntos de gavetas em um lado dela. Ela se ocupou, abrindo e fechando, tirando de três ou quatro saquinhos transparentes cheios de pó branco. Papel pardo, sacos de sanduíche cheios de gramas da erva que Adam queria. Ela escolheu pastilhas de E. Colocou tudo em uma linda sacola de inspiração indígena, deu a Adam e disse, 'Um presente para você e seus amigos. Dê o dinheiro para Nikolay na cozinha. Estarei com vocês em breve.'

Adam, em transe, fazendo tudo o que ela mandava.

Ele deu o dinheiro a Nikolay, que disse, 'Hathai

está cuidando de vocês agora. Vou visitar Glebe de vez em quando. Somos amigos, não?'

'Sim, somos amigos.'

'Também não venha ao clube.'

'Por que não?'

'Não é para você, meu amigo. Muitas pessoas perigosas vão para lá sem autocontrole. Você diz a coisa errada para a pessoa errada e tudo pode acontecer. Hathai é linda; você lida com ela. Mas não se apaixone,' disse ele, rindo, sabendo que Adam já estava apaixonado.

Adam não sabia para onde olhar. Hathai flutuou de volta para a cozinha. Ele a encarou. Não conseguia parar de olhar para ela. Aquele beijo. Ela sorriu. Seus dentes eram lindos, assim como tudo nela. Os olhos, aquele nariz precioso, a covinha; ela cheirava lindamente também, como jasmim.

'Sua namorada está no carro, Adam, traga-a da próxima vez. Eu gostaria de conhecê-la. Gina é o nome dela, certo?'

'Sim, eu irei, sim, eu irei, hum, irei. Até logo Nikolay. Prazer em conhecê-la, Hathai. Você pode me dar seu celular, para que eu possa ah...'

Ela entregou a ele um cartão branco com nada além do número do celular.

Ele olhou para ele. Não disse nada. Virou-se e caminhou pelo corredor. Abriu a porta da frente. Foi ao velho Humber, entrou. Ligou o carro.

Gina perguntou, 'Como ela era?'

'Incrível. Calma e tranquila. Ela quer conhecê-la na próxima vez.'

'Ótimo, legal. Isso seria legal.'

Mas Adam já sabia que não iria trazer Gina com ele na próxima vez que viesse ver Hathai.

CAPÍTULO DOZE

Cash, passando a língua pelos dentes consertados, estacionou do lado de fora da casa de Angie em North Bondi, ainda pensando em Mick. A casa dela não era muito longe de onde ele matara Sally Bois. Podia ver que tinha uma garagem embaixo também. Havia um portão de segurança com um interfone. Ele apertou o botão.

Esperou.

Esperou mais um pouco.

Foda-se.

Apertou novamente.

'Oi, é o Carter?'

'Sim, você pode me ver?'

'Sim.'

'Verificando, isso é tudo.'

'Empurre o portão agora; não há campainha, mas está funcionando.'

Cash empurrou. Funcionou. Ele subiu os degraus brancos até a porta preta da frente, que se abriu quando ele alcançou o último degrau. Uma mulher pequena estava lá. Mais velha do que ele pensou que ela seria. Talvez quarenta. Rugas nos cantos dos olhos e na testa. Ela estava com calças de linho branco e uma camisa. Ele podia ver que ela não usava sutiã, tinha seios pequenos, o mamilo do seio direito apenas visível onde a camisa estava ligeiramente aberta. Ela tinha cabelo castanho claro com franja que caía perto do rosto, talvez tentando esconder as cicatrizes de acne em ambas as bochechas. As marcas eram claras o suficiente para serem vistas, mas de alguma forma acrescentavam caráter ao invés de feiura. Talvez as rugas fossem de fumar. Ela usava sandálias nos pés, algo que ele não via ninguém usar há anos.

Ele estendeu a mão e disse, 'Sou Carter Thompson. As pessoas me chamam de Cash.'

'Acho que gosto mais de Carter,' disse ela, apertando sua mão gentilmente.

'Essa é sua prerrogativa. Eu não me importo, afinal.'

'Então é Carter. Entre, por favor.'

Sentaram-se frente a frente em confortáveis poltronas de couro bege combinando. Ele tentou imaginar a elegante Angie na cama com Tanya em seu quarto sujo com embalagens de chocolate e agulhas sangrentas misturadas nos lençóis.

Ele não podia.

Ele pensou nas pontas de cigarro nos cinzeiros. As pontas de cigarro jogadas do lado de fora da janela no canteiro do jardim. Este apartamento era imaculado. Nada fora do lugar. Encenado como um cenário sangrento em uma peça ou filme.

'Você fuma?' Ele perguntou a ela.

'Sim, mas não dentro.'

'Certo, mas se você estivesse morando na casa de Tanya em Darlinghurst, tudo bem?'

'Como você é rude. E eu pensei que você parecia

um cavalheiro, em seu tipo de roupa dos anos 90 que a maioria das pessoas não seria vista morta. A camisa vermelha e a ridícula jaqueta de couro preta como se você fosse uma versão ruim de Nic Cage de *Lost Highway*.'

'Eu aguento, Angie. O que você faz?'

'Eu sou uma agente de modelos. Tenho minha própria agência.'

'Bom, obrigado, então quando você falar sobre roupas e merda, eu vou ouvir, mas estamos aqui para encontrar sua namorada, então agora é a sua vez.'

'Eu... eu a quero de volta.'

'Deixe isso comigo. Quando você a viu pela última vez? Vocês duas foram para a Costa Sul. Para sua casa de férias na quinta-feira, três semanas atrás.'

'Sim.'

'O que diabos aconteceu? Houve discussões?'

'Passamos três noites lá. Sem discussões. Nada de ruim acontecendo. Voltamos, passamos mais duas noites aqui, depois uma noite na casa dela, depois nada.'

'Pelas minhas contas, isso significa que ela desapareceu por apenas quinze dias. Estou conseguindo alguma coisa com toda essa merda de conversa fiada.'

'O que?'

'O pai dela me disse que ela estava desaparecida há três semanas, mas agora faz apenas quinze dias. Não sei o que os policiais estavam perguntando. Nada, pelo que parece.'

'Estou meio que acompanhando isso.'

'Ela odiava o velho? Acha que ele interferia demais?'

'Ela mencionou que ele não teria gostado de mim... esse aspecto da vida de sua filha.'

'A transa lésbica, você quer dizer?'

'Sim, a transa lésbica como você tão brilhantemente colocou.'

'Tanya poderia... ela poderia estar em sua casa em Nowra sem você saber?'

'É possível.'

'Conhece os vizinhos, os locais? Você poderia ligar para alguém?'

'Sou um pouco estranha lá embaixo.'

'Não dá ré no barco e vai pescar? Sem refeições no balcão do pub local? Nenhum jovem ao seu lado, apenas a garota desleixada com quem você está se divertindo. Não há crianças pequenas para eles babarem. Nunca saía, exceto para comprar comida e bebida.'

'É basicamente isso, Carter. Você é um cara inteligente. Estou realmente começando a te amar.'

'Sério, ninguém para quem você poderia ligar?'

'A casa é escondida. Existem portões de segurança. Uma enorme cerca viva. Privacidade é o que eu quero quando vou lá.'

'Portões de segurança. Jesus.'

'Ela pode estar lá, é o que estou querendo dizer.'

'Você fuma cigarros Kent?'

'Sim, como você—'

'Muitas bitucas de cigarro encontradas no quarto de Darlinghurst da jovem Tanya. Além disso, no canteiro e agulhas usadas, seringas, se preferir.'

'Eu fumo. Eu não uso drogas assim.'

'Mas Tanya usa, e minha próxima pergunta é, ela poderia estar morta? Injetou uma dose muito alta ou algum traficante perdedor fazendo a ação?'

'Puta merda.'

'Será possível?'

'Não. Ela era uma usuária casual e—'

'Esse é realmente o ponto. Moça inexperiente e tudo. Você a apresentou ao traficante?'

'Ela recebe de Peter ou do gerente do Fever.'

Cash balançou a cabeça e disse, 'Tive a sensação de que era esse o caso. A amiga de Tanya, Annie, a melhor amiga dela, eu acho, ela disse que Peter achava que ele era algum tipo de Svengali, como Andy Warhol ou, na pior das hipóteses, Charles Sobhraj.'

'Ah Merda. Olha, ele encontra garotas para mim. Eu pago a ele uma taxa, mas ele faz isso por toda a cidade para outras agências, e interestadual também, mas ele dificilmente é Andy Warhol e a maldita fábrica.'

'Não, mas estou começando a achar que ele é um babaca do mais alto nível.'

'Não sei o que te dizer. Acho que ele é inofensivo. Ele conseguia heroína para Tanya, mas ela sempre cheirava e nunca usava seringas.'

'Mas lá estavam elas, no chão do quarto dela.'

'Peter, como eu disse, é—'

'Veremos isso.'

Angie sentiu a emoção em sua voz. Peter mentiu para ele; ele não estava feliz.

'Você pode me dar um molho de chaves de sua casa em Nowra?'

'Quando você vai?'

Ele pensou no filho de Steele, ser pago, prioridades e assim por diante, disse, 'Sexta de manhã, a menos que eu consiga encontrá-la através do pessoal do Fever hoje à noite.'

'Eu vou com você.'

'Não é uma boa ideia.'

'Por quê?'

'Amante ciumenta, a minha, quero dizer. Você sabe disso, você viveu um pouco.'

'Sim, eu sei sobre isso. Eu fui casada com um.'

'Você não pode me dizer mais nada?'

'Não. Se ela não está escondida em Nowra, não faço ideia. Mas ela pode ser arisca.'

'E o pai dela?'

'Nunca o conheci, mas ele ligava para ela o tempo todo.'

'Demais?'

'Isso é possível?'

'Não sei. Minha filha não fala comigo.'

'Você tem uma amante ciumenta e uma filha recalcitrante.'

'Mas voltando para Tanya, eu vi aquela seringa no quarto dela, outras do lado de fora no canteiro do jardim.'

'Era heroína. Acho que ela só fez isso uma ou duas vezes. Ela cheirava. Eu disse que ela queria relaxar, não se envolver com anfetamina.'

'Acho que você anda muito envolvida com drogas, já viu garotas se perderem... parte do seu trabalho, imagino.'

'Sim, eu não vi nenhum problema com Tanya. Ela é muito esperta.'

'Além de um pouco casual.' Cash sabia que havia começado a pregar, desprezando-se momentaneamente por isso. Parou. Levantou-se e disse, 'Se importa se eu der uma olhada? Para meu próprio bem. Aliviar alguns medos.'

Ela balançou a cabeça, disse, 'Vá para a sua vida.

Há três quartos no corredor, uma cozinha que flui para o pátio dos fundos e para o quintal.'

Ela o observou sair mancando, ainda dolorido.

'Flui,' pensou. *Que bom para você.*

Ele vagou pelo apartamento, sabendo que ela não estaria lá, mas esperando por uma pista, algo, qualquer coisa. Ele encontrou o quarto de Angie. Os outros dois quartos tinham camas feitas e nada mais. Zero, nada. Ele olhou no armário embutido. Ocupava toda a parede lateral, estava cheio de roupas. Ele olhou aqui e ali, embaixo da cama, atrás das cortinas. Coçou a cabeça. Ele não podia bisbilhotar do jeito que queria; demoraria muito. Ela veio procurá-lo.

A cozinha de fato fluía para o pátio e para o quintal. Havia uma enorme porta de vidro no caminho, mas ele sabia o que ela queria dizer. A janela ocupava toda a parede dos fundos. Era lindo. A grama estava verde como poderia estar. Havia uma piscina olímpica da qual ele sentiu muita inveja no minuto em que a viu.

Ele caminhou lentamente ao redor do pátio de madeira, através e dentro e ao redor da mobília externa. A cerca dos fundos era alta e impenetrável. A privacidade que ela tanto desejava em Nowra também estava aqui. Ela era uma mulher de sorte. Era um lindo apartamento com vista para Ben Buckler e Bondi.

Ele se juntou a ela no salão. Ela sorriu para ele e disse, 'Você é um lutador, um boxeador? Você parece bem dolorido.'

'Eu costumava lutar. Eu treino agora. Estou surpreso que você possa dizer.'

'Conheço muitas pessoas diferentes.'

'Eu aposto que você faz.'

'Mais alguma coisa, Cash?'

Parecia engraçado, ela dizendo seu apelido assim pela primeira vez.

Ela puxou o cabelo atrás da orelha direita com a mão esquerda e sorriu para ele.

Ele gostou.

'Casada com um homem ou uma mulher?'

'O que você acha?'

'Acho que é um homem.'

'Você achou certo.'

'Eu tenho que ir.'

'Vou destrancar a porta.'

———

Depois que ele saiu, Angie ligou para Peter.

'Alô, Angie?'

'Sim eu quero saber. Você sabe onde ela está?'

'Não.'

'Carter Thompson acha que sim.'

'O que? O que ele disse? Homem horrível. Ele me ameaçou.'

'Você comprou drogas para Tanya.'

'Você sabe que sim, mas você também.'

'Mas você mentiu para ele.'

'Eu não gosto dele.'

'Maldito seja, Peter. Você vai conhecer muita gente nesta vida que—'

'Não me dê sermão. Eu sei o que você—'

'Ele está indo vê-lo novamente. Posso garantir.'

'Merda.'

'Diga-lhe a verdade. Ele está tentando encontrá-la. Diga-lhe tudo o que sabe, por favor, por mim.'

'Por você, sim. Obrigado por me avisar.'

'Eu seria o mais gentil possível com o Senhor Thompson. Ele tem jeito. Ele faz as coisas.'

Peter não gostou da implicação dela. Ele desligou na cara dela. Se ela ligasse de volta, ele diria que foi um acidente.

CAPÍTULO TREZE

CASH ESTAVA SENTADO EM SEU CARRO. O PESO DA morte de Mick estava ficando mais pesado sobre ele a cada minuto. Desculpe, negócios por vir. Ele deveria ir para Dubbo, mas esses casos não desapareceriam e eles poderiam desviar sua atenção daquele peso. Ele não podia sair agora. Aimee iria atrás dele. Ele estava fervendo de raiva com o que Peter havia deixado de fora—*mentiu* sobre. O que havia com aquele idiota? Ele estava tentando encontrar a garota, não machucá-la.

Seu celular tocou.

'Sim, Carter Thompson.'

'Olá, Carter, meu nome é Lily. Eu sou a irmã de Adam. Você conhece meu pai.'

'Conheço. Ele é um bom homem. Estou trabalhando nisso com Adam. Você estava certa em contar ao seu pai. Ele está perdido. Posso dizer isso depois de um dia.'

'Ele não está em perigo, está?'

'Não imediato, não que eu possa ver. Eu deveria encontrá-la. Tenho algumas horas agora. Onde você mora?'

'Em Newtown.'

'Tem um café turco junto ao Café Sofia na Enmore. Podemos nos encontrar lá em uma hora?'

'Sim, eu estou, ah, sim, eu posso estar lá. Eu sei onde é.'

'Vejo você em uma hora.'

Ele ligou o carro. Ele gostava de dirigir este carro; dava-lhe muito prazer. Ele precisava ficar calmo agora, não esquentado. Ele estava voltando para ver Peter antes de encontrar Lily. Ele tinha que manter a calma. Ele disse, 'Toque "Under the Milky Way", Jimmy Little.'

Dirigiu o Valiant para a rua tranquila. Angie o observou ir embora. Cash tinha a sensação de que Lily era uma distração extra, complicando ainda mais um dia já enevoado. Ela poderia acrescentar algo? Ele duvidava, mas tinha que vê-la.

———

Peter ligou para Blake, seu antigo amigo da escola e gerente da Fever.

'Oi Pete, tudo bem?'

'Preciso tirar alguém de cima de mim.'

'Quem e por quê?'

'Tem um investigador particular, Carter Thompson, um cara aborígine, eu acho. Ele está criando problemas para mim.'

'Eu não entendo.'

'O pai de Tanya o contratou para encontrá-la.'

'Oh. E o que?'

'Ele está me ameaçando com violência. Eu sei que você conhece muitas pessoas. Achei que você poderia encontrar alguém para assustá-lo ou algo assim.'

'Assustá-lo ou machucá-lo?'

'Ambos, eu acho.'

'Que legal. Forneço garotas para certas festas organizadas por um cara chamado Billy Hassan. Ele é o que se conhece como identidade de Kings Cross.'

'Ele poderia fazer isso?'

'Eu poderia perguntar a ele.'

'Ele está me acusando de todo tipo de coisa. Ele me ligou não faz muito tempo, me ameaçando, como eu te disse. Ele está vindo aqui, mas não vou atender a porta. Eu odeio que ele saiba onde eu moro. Eu preciso que você faça isso rápido. Ele vai para o Fever esta noite. Ele me disse que iria. Angie também.'

'Vou fazer alguns telefonemas. Não posso prometer nada ainda. Hassan não me deve. Este seria um favor a ser retribuído.'

'Entendo. Estou com medo, só isso, velho. Nós ficamos juntos, não é?'

'Nós ficamos, companheiro. Nós ficamos. Farei alguns telefonemas. Volto para você.'

'Obrigado, Blake. Devo-lhe.'

Peter apertou 'fim' em seu celular, sorriu amplamente. Ele saiu pela frente da pequena meia-casa. Baixou as persianas que seus pais haviam instalado para segurança noturna. Correu de volta para dentro. Apagou todas as luzes da frente da casa. Carter Thompson não conseguiria contornar a parte de trás. Os pais de Peter eram donos da casa e o deixavam morar lá sem pagar aluguel, mas ele ainda cobrava de Tanya quase duzentos por semana de aluguel, mais contas e assim por diante.

———

Cash saiu do Valiant e percorreu o curto caminho até a porta da frente da casa de Peter. Ele percebeu que as persianas estavam fechadas e pensou imediatamente, 'Angie ligou para ele. Ele fechou a boca, o babaca.'

Ele foi até a porta da frente, batendo com força, sabendo que não abriria a porta. Cash balançou a cabeça. Voltou para o carro. Eram cinco da tarde. Toda essa conversa. Ele estava exausto com isso. Ele pensou em Lily. O que ela poderia dizer a ele que ele já não soubesse?

Ele ligou para Steele, perguntou-lhe sobre o que Lily havia dito a ele. Ele estava certo. Nada de novo. Ele ligou para ela. Disse a ela que não poderia encontrá-la, mas seu pai havia repassado todas as informações que ele havia contado.

Ele iria descansar. Ir ao Fever esta noite. Se ele não pudesse encontrar Tanya, seria na costa sul amanhã. Ele precisava de alguém para verificar Adam enquanto ele estava fora. Ari estava morto. Morto por Sally Bois. Mick morreu devido a uma combinação cataclísmica de sua própria negligência e uma bizarra infecção hospitalar. Ele não conhecia mais as pessoas. Ele e Aimee eram suficientes um para o outro... ou deveriam ser.

Ele pensou em Chantal. Ele precisava perguntar a ela sobre Doug Lever. Ela o havia enviado. Dado nenhum aviso sobre ele. Isso era o suficiente por enquanto.

CAPÍTULO CATORZE

Aimee estava em seu lugar quando ele entrou lentamente no salão, ainda sentindo pena de si mesmo por causa da surra. Ela sorriu para ele. 'Você parece melhor do que esta manhã.'

'Você me viu no hospital.'

'Eu sei. Pobre Mick. Não consigo superar isso.'

'A infecção do inferno. Como estava o grandalhão?'

'Quebrado o dia todo. Eu o deixei há pouco tempo. Voltamos para a casa dele e Nicki também estava lá. Ela é uma pessoa forte.'

'Eu não estou indo para Dubbo agora. Eles vão me odiar por isso, toda aquela turba, mas não consigo encarar isso, ainda não. Covarde, eu sei, mas preciso estar ocupado, trabalhando.'

'Eu não vou sem você. Você tem que contar a Aaron. Ele não vai gostar.'

'Eu sei. Eu vou.' Cash aproximou-se do sofá e sentou-se ao lado de Aimee. Eles se abraçaram. Ambos não disseram nada por uns bons dez minutos, então Cash disse, 'Preciso de alguém para trabalhar para mim.'

'Como quem?'

'Ferrado se eu sei. Eu conheci Ari metade da minha vida e Mick toda a minha vida. A confiança nunca foi um problema.'

'Você assumiria dois casos.'

'Eu sei.'

'Eu poderia trabalhar para você. Já trabalhei com você antes e—'

'Não. Ninguém perto de mim. Além disso, há a violência que às vezes é necessária... quero dizer, obrigado, mas—'

'Entendo.'

'Posso perguntar a Steele se ele tem alguém procurando trabalho extra ou...' Ele se interrompeu, mas Aimee sabia.

'Ligue para aquela vadia, estou *avisando*.'

'Não. Isso não vai acontecer. Vou ligar para Steele. Eu tenho que ir para a costa sul amanhã. Você quer vir?'

'Não posso. Tenho de trabalhar.'

'Estou tentando encontrar a garota desaparecida, Tanya Lever; ela pode estar escondida lá, na casa da namorada.'

'Não explique agora. Quero relaxar um pouco.'

'Eu tenho que ir para o Fever Nightclub hoje à noite, onde ela costumava trabalhar. Se eu não conseguir encontrá-la ou o que aconteceu com ela, vou embora amanhã às dez.'

'Você deveria comer alguma coisa.'

'Posso me deitar antes de sair mais tarde.'

'Você está ficando velho, Cash. Vou ligar para Aaron e explicar que não podemos ir a Dubbo.'

'Obrigado, querida.'

Blake estava animado com o que Peter havia pedido a ele. Ele nunca tinha feito nada parecido antes. Hassan poderia dizer a ele para sumir, mas ele tinha que tentar. Ele telefonou para Hassan, mas caiu na caixa postal.

Ele estava sentado em seu pequeno escritório sujo que ficava em um lance de escadas ao lado dos banheiros unissex. Ele tinha CFTV e toda essa merda. Um armário de arquivos. Um pequeno bar. Ele balançou sua cabeça. Ele estava ganhando muito dinheiro. Os clientes adoraram toda a coisa retrô. As dançarinas nas jaulas. As camisetas tie-dye que os barmen e bargirls usavam com jeans branco. Mas pode ficar confuso. Dinheiro sumia. A equipe coletando suas próprias gorjetas. Ele viu no CFTV, mas não se importou. A maioria deles era selvagem e moderna e os clientes os adoravam. Um cara até fez a besteira do Tom Cruise em *Cocktail* de jogar as garrafas de bebida para o alto e fazer malabarismos com elas. E se eles colocassem uma nota de cinquenta ou cem dólares no bolso de seus jeans brancos, ele não dava a mínima porque eles também vendiam cocaína, anfetamina, erva e E para ele.

Ele dava a todos um saco plástico cheio de mercadorias no início do turno. Eles guardavam embaixo do bar, vendiam a coisa toda a noite. Eles tinham uma certa quantia em dinheiro que deveriam devolver a ele. Se eles fizeram mais, bom para eles. Além disso, havia o couvert na porta. Vinte dólares para entrar no local. Ele começou a rir, era tão bom. Ele até pagava alguns caras do esquadrão antidrogas para olhar para o outro lado. Uma vez a cada quinze dias, eles chegavam trazendo alguns uniformes com eles, examinavam o local em busca de efeito e depois iam embora após uma breve visita ao seu escritório. A equipe não estava assustada; eles sabiam que ele estava protegido.

Ele observou a tela. O gerente do bar, Robbie, e outra garota, Annie, estavam arrumando. Ela era a amiga da dançarina desaparecida. Tanya, cara, ela era gostosa. Ela havia se transformado. Era a dança na jaula. Isso a libertou. Mas onde ela estava, ele não sabia. Isso o perturbou um pouco. Ele gostava dela. Peter a encontrou em um café em Paddington. Velho Peter, pedindo este favor. Como era a forma dele? Peter era um personagem dobrado. Blake pensava nele como tendo pouca moral, mas isso era bom. Blake o conhecia desde sempre, desde a escola.

Blake tinha o nome de maricas pelo qual as crianças o criticavam, mas ele tinha uma espinha dorsal, podia lutar furiosamente; o xingamento não durou muito. Peter tinha visto isso, viu proteção para sua homossexualidade e gostou dele. Blake o achava infinitamente divertido. Peter lhe ensinou muito sobre livros, teatro, filmes, toda aquela merda pela qual ele era obsessivo. Então, Peter conseguiu o emprego como agente de modelos. Ele era bom nisso. Tornou-se freelancer, começou a contratar bandas também. As meninas estavam por toda parte. Peter era esquisito, mas ajudou muito, porque as meninas o amavam. Não estavam com medo de que ele tentasse fodê-las. Seu celular tocou. Hassan.

'Olá, Senhor Hassan, como vai?'

'Blake, eu sempre digo a você, você pode me chamar de Billy. Nós somos amigos.'

Blake começou a suar.

'Blake?'

'Eu tenho um… um pedido a fazer, hum, fora de nossos arranjos habituais?'

'Sim?'

'Um bom, não, um grande amigo meu está em apuros. Ele, ah, ele se sente ameaçado, sabe o que quero dizer?'

'Entendo, Blake. Isso é uma ameaça de violência?'

'Sim.'

'Você quer que eu me organize para acabar com essa ameaça?'

'Sim.'

'Quando?'

'Hoje à noite, ele está vindo para o clube. Meu clube, Fever.'

'Você o reconhecerá quando ele chegar lá?'

'Meu amigo o descreveu. Eu o reconhecerei. Ele é aborígine. Mas vou tirar uma foto do CFTV e mandar para o meu amigo para ter certeza.'

'Quão ruim é a ameaça?'

'Acho muito ruim. Ele acha que meu amigo está mentindo para ele sobre uma garota desaparecida.'

'Ele é um policial?'

'Não, um investigador particular.'

'Vou mandar alguém ao clube. A que horas você acha?'

'Abertura, eu acho. Não sei a que horas ele vem, então ah…'

'Meu amigo estará lá às dez da noite. O nome dele é Nikolay.'

'Obrigado, Senhor Hassan. Obrigado, Billy.'

'De nada e você entende a taxa.'

'O que você precisar.'

'Eu gosto disso. O que *eu* precisar.' Hassan desligou.

Blake só encontrou Hassan uma vez pessoalmente. Foi em uma festa para a qual ele estava fornecendo algumas garotas. Ele havia assustado Blake, mesmo vestido com suas roupas Country Road; ele tinha um clima de perigo, de volatilidade. Blake disse às meninas que elas eram pagas por estarem lá; se elas queriam fazer algum negócio pessoal, não era problema dele. Elas sabiam o que ele queria dizer. As que não se importavam com festas, as outras trabalhavam no bar ou Blake as esquecia, parando de chamá-las para trabalho ou festas. Hassan havia concordado em nada mais do que ser social com as meninas, seus clientes pagariam as meninas diretamente. Blake não parecia entender que ele era um cafetão agora; ele pensava nisso como um negócio, nada mais.

Todos estavam felizes.

Isso era legal.

CAPÍTULO QUINZE

Adam e Gina estavam no quarto de Adam na casa compartilhada de Glebe. Eles estavam tentando atrasar o uso da heroína o máximo possível. Nenhum dos dois disse isso, mas ambos sabiam disso. Adam disse a ela, 'Hathai disse que fumar heroína é chamado de perseguir o dragão.'

'Li isso em algum lugar, acho,' disse Gina. 'Ela era bonita, Hathai?'

'Sim, ela realmente era.'

'Você quer transar com ela?'

'Estou com você.'

'Eu não perguntei isso.'

'Sim, talvez, mas como eu disse eu—'

'Você está comigo. Vamos, vamos perseguir o dragão então. Vai durar algumas horas, depois vamos sair. Vamos tentar fazer com que alguns dos outros peguem um pouco de H. Podemos ganhar algum dinheiro, Adam.'

'Sim, estamos fazendo algum agora. Os outros parecem assustados. Quero dizer, eles estão certos em estar. Sabemos que podemos parar, mas—'

'Ouvi dizer que se você fumar com maconha, é ainda melhor.'

'Tudo bem, vamos fumar alguns cachimbos... relaxe, deite-se... depois saímos. Entregar a erva e essas merdas, ganhar algum dinheiro.'

———

Cash tirou o paletó e deitou-se na cama. Ele precisava de alguém para trabalhar com ele. Ele ligou para Steele, que atendeu rapidamente. 'O que posso fazer por você, Carter?'

'Preciso de um parceiro para o trabalho. Meu primo Mick, ele—'

'Ouvi. Desculpe.'

'Você ouviu?'

'Mundo pequeno, Carter.'

'Sim.'

'Tem um cara com quem eu ia pedir para você conversar, afinal, mas você parecia um pouco distraído com a vida, então deixei pra lá.'

'Você já tinha alguém em mente?'

'Garoto indígena na academia.'

'Realmente?'

'Sim, ele é de Melbourne. Cresceu em Fitzroy. Ele é um homem Wurundjeri, ele me disse, mas eu praticamente tive que forçar isso para fora dele. Ele é durão. Diz pouco. Perfeito para este tipo de trabalho.'

'O que ele está fazendo em Sydney?'

'Tentando seguir seu próprio caminho.'

'Estou interessado.'

'Você pode encontrá-lo imediatamente, se quiser.'

'Talvez eu esteja indo para a costa sul amanhã. Acha que ele gostaria da viagem? Podemos ver se nos encaixamos, mas meus sócios não têm um bom histórico de vida.'

'Eu chamaria isso de azar, Carter. A infecção que seu primo pegou deu azar, além disso, você só pegou uma Sally Bois na vida.'

'Há outras que não são Sally Bois, mas são igualmente perigosas.'

'Eu concordo, mas ele é um rapaz esperto, não um garoto. Eu sou velho. Ele tem vinte e dois anos. Apto como jogador da AFL, boxeia—sparring, ouvi dizer, com profissionais em uma academia em Marrickville. Vou mandá-lo para sua casa amanhã, quer você vá para a costa sul ou não. O nome dele é James Roach.'

'Obrigado, Steele. Diga a ele para estar aqui às dez da manhã. Se eu não estiver em pé, Aimee estará. Dará a ele um café da manhã. Vou contar para ela.'

'Bom momento, eu acho.'

'Obrigado novamente. Eu tenho que dormir antes de sair para a noite.'

'Lembre-se do que eu disse.'

'Eu vou. Não serei descuidado ou frouxo, ou o que quer que seja. Chega de jogos de pôquer.'

Cash encerrou o telefonema. Um jovem de Melbourne. Boxeador. 'Vamos ver isso,' pensou, fechou os olhos, caiu no sono.

———

Billy Hassan ligou para Nikolay.

'Olá, Billy, do que você precisa?'

'Preciso que você envie um aviso a um investigador particular aborígine. Não peguei o nome dele.' Hassan ainda não havia feito a conexão com Carter Thompson e o assassinato de Sally Bois. Ele lidou com ele apenas brevemente, e ele era um policial, não um investigador particular. Sally e Abbott também o chamavam de Cash Thompson, então ele não conectou... pelo menos ainda não.

'Onde e quando?'

'Boate Fever hoje às dez.'

'Não conheço este lugar, patrão. Onde é?'

'Na cidade perto da Rua Pitt. Vou mandar uma mensagem com o endereço para você quando desligar.'

'De que nível estamos falando?'

'Ele está ameaçando com violência por causa do caso de uma menina desaparecida. Conheço o gerente da Fever. Ele está ficando grande, mas é controlável. Ele é bom com negócios, mas suave. Acho que uma pequena surra serve. Você faz isso, então certifique-se de que ele entenda que não deve voltar para Peter— esse é o nome do cara que ele está ameaçando. Certifique-se de que ele entenda. Não o destrua. Não quero policiais.'

'Eu sei que nível eu preciso ir.'

'Dez na Fever. Vou mandar uma mensagem com o endereço. Como foi com Hathai e os jovens?'

'Ela é a nova traficante. O menino, Adam, já está apaixonado por ela, mas você sabe que ela só me ama.'

'Se ele a ama, melhor ainda,' disse Hassan. 'Não machuque esse menino, Nikolay; ele pode nos fazer dinheiro.'

CAPÍTULO DEZESSEIS

CASH ACORDOU SOBRESSALTADO, SUANDO. ELE estava sonhando com o ataque do lado de fora de sua casa na noite anterior. O amigo de Eyden voltaria para uma segunda tentativa? Cash duvidou. Ele fugiu ao primeiro sinal de problema quando os faróis do carro apontaram para eles.

Ele tirou a roupa, pegou uma toalha que estava pendurada na porta aberta de seu guarda-roupa embutido. Ainda estava um pouco úmida, mas ele não havia lavado nada. Ele a pendurou em um trilho no banheiro. Abriu a água quente, esperou, meteu-se por baixo, ajustou com a fria até ficar perfeito, aumentou mais um pouco a quente. Ficou debaixo do forte fluxo de água, suspirou, começou a sorrir. Ele estava meio intrigado com as garotas dançando em uma jaula na Fever.

Depois que ele terminou e se vestiu, ele caminhou para o salão. Aimee estava dormindo no sofá. Ele a cutucou gentilmente. Nada. Cutucou um pouco mais forte; ela lentamente abriu os olhos. Foram dois dias de merda para todos. Ela parecia exausta. Ele se ajoelhou, beijou-a na bochecha, disse. 'Melhor ir para a cama, baby. Você vai ficar com o pescoço dolorido ou algo assim dormindo aqui.'

'Tão carinhoso,' ela disse sorrindo.

Ele sorriu de volta.

Ela se ergueu lentamente e disse, 'Tão cansada, querido.'

'Vamos,' disse ele, colocando a mão e depois os braços sob ela. Ele a ergueu nos braços, apesar da dor do espancamento, carregou-a escada acima para o quarto e a colocou delicadamente na cama.

Ela fechou os olhos e sussurrou, 'Tão forte, tão bom.'

Ele tirou os sapatos dela.

Ela riu e disse, 'Chega de tratamento especial. Eu consigo.'

'Tenho que ir agora. Durma bem.'

'Eu vou. Tome cuidado. Lembre-se—'

'Tudo pode e vai acontecer.'

Desceu as escadas, saiu de casa. Parou por um momento, se perguntou se deveria usar o Uber, mas pensou que pagaria o custo de uma multa se fosse necessário. Contanto que ele não estacionasse em uma zona de carga, eles não iriam rebocá-lo.

Ele chegou à cidade em quinze minutos. O tráfego estava pesado onde a City Road se encontrava com a Broadway. Ele estacionou na Rua Pitt, ilegalmente, a cerca de duzentos metros da viela onde ficava o clube. Sem chuva e ameno. Cobertura de nuvens pesadas. Pegajoso. Você não podia ver nenhuma estrela, apenas as luzes brilhantes da cidade do pecado. A lua quase invisível.

Ele caminhou rapidamente para o clube. Era meia-noite. Ele estava vestindo calças de brim pretas, uma camisa preta de mangas compridas, a jaqueta de couro preta que Angie tinha falado sobre. Isso o fez sorrir. Ele esperou na fila.

Blake estava cansado de assistir ao CFTV, esperando Cash chegar, e estava sentado na sala privada com o que poderia ser chamado de convidados VIP. Eles eram amigos de Peter de uma agência de modelos, alguns outros parasitas. Ele estava dando a eles bebidas grátis, coca, qualquer coisa que os deixasse felizes. Nikolay estava vestido com calças pretas risca de giz, sapatos pretos grossos, uma camisa azul escura de mangas compridas, paletó preto, bebendo vodca pura com gelo em um copo alto. Ele estava em um canto do clube em um sofá preto assistindo a festa acontecer. Cara vazia. Um trabalho a ser feito.

Cash pagou o couvert, entrou no clube. Estava super alto. Seguindo o tema dos anos 70, tocava uma música disco que ele conhecia, mas não sabia o nome. Havia três níveis. Bolas giratórias lançavam luzes por toda parte; quatro gaiolas estavam em pedestais nos níveis um e dois. Duas em cada nível. Neste nível, havia uma loira, uma sósia de Twiggy na mais apertada das calças listradas, barriga nua e o que Cash chamava de tubo de peito. Seu cabelo era comprido, ela o balançava enquanto dançava, sorrindo o tempo todo, movendo-se livremente e em sincronia com a música. Era realmente algo. A outra gaiola era ainda mais escandalosa, uma garota negra com enormes cabelos afro em longas botas brancas e minissaia branca bombeava seu corpo ferozmente ao som da música, seu sorriso tão brilhante que parecia a própria lua. Ela usava um top listrado vermelho e branco que mostrava o decote lateral de todos os ângulos. Cash a observou totalmente fascinado.

A música mudou para 'Show me the Way' de Peter Frampton. As pessoas se reuniam para as luzes piscantes da pista de dança no meio do andar inferior, a música obviamente uma das favoritas do público. As meninas continuavam a dançar como loucas nas jaulas. As pessoas bebiam, bufavam, conversavam, gritavam, abraçavam, beijavam, dançavam. Era orgiástico. Cash aprovou, continuou andando pelo clube, imaginando onde Blake estaria. Ele olhou para cima. O terceiro nível parecia ter luzes apagadas, portas fechadas. Ele adivinhou que era para os grandes clientes, por falta de um termo melhor. Ele subiu lentamente um lance de escadas na parte de trás da pista de dança perto dos banheiros.

Nikolay sentou-se rapidamente quando viu Cash subindo as escadas e disse baixinho para si mesmo, 'Senhor Glebe. O Abo. Não acredito nisso. Eu tenho minha chance. *Você* é o cara.'

Cash olhou escada abaixo, mas não conseguiu ver Nikolay no escuro abaixo dele por causa das luzes brilhantes. Ele ficou do lado de fora da área VIP isolada, esperando que um dos macacos da segurança o notasse.

Finalmente, um dos seguranças se aproximou dele. Uma grande unidade sem pescoço, os músculos do bíceps tensos na camisa branca que ele usava com gravata preta e calça preta. Ele disse, 'Quem é você?'

'Estou procurando Blake. Diga a ele que Peter me enviou.'

'Peter?'

'Sim.'

'Mas qual é o seu nome, mano?'

'Carter Thompson.'

'Fique aí.'

Carter disse baixinho, 'Au, au.'

O segurança se virou, parecia que ia atirar em Carter, mas apenas sorriu e caminhou para a multidão.

Cash esperou. Não havia mais ninguém tentando entrar. Alguns minutos depois, um cara alto e magro de cabelo castanho claro veio em sua direção. Ele estava sorrindo, dentes clareados e à mostra. 'Sou Blake,' disse ele. 'Peter mencionou que você viria.'

'Tenho certeza que sim. Podemos conversar?'

'Eu não sei o que aconteceu com Tanya. Eu gostava dela, ela era inteligente, bonita e divertida. Trabalhar aqui mudou sua vida. Espero que ela não esteja com problemas.'

'Ou pior?'

'Peter disse que você era durão.'

'Estou tentando encontrar a filha de um pai. Eu faço o que for preciso.'

'Eu também. Pense nisso depois.'

'Significado?'

'Você vai saber mais tarde.'

'Certo, certo. Posso falar com sua equipe?'

'Não, você não pode. Eles estão ocupados. Vejo você se tornando uma peste.'

'O que? Mais tarde, certo.'

'Sim, mais tarde. Aproveite sua noite. Eu tenho pessoas para cuidar. Adeus.'

Cash deixou Blake em sua sala VIP e desceu as escadas, Nikolay seguindo-o com os olhos. Ele foi até o bar, notou as camisetas tie-dye e disse ao barman, 'Vodca com gelo.'

Ele recebeu rapidamente e perguntou, 'Você conhece Tanya, que trabalhava aqui?'

'Disseram para não falar com você. Você quer uma bebida? Posso te ajudar. Algo mais? Nada.'

'Obrigado, entendo.'

Ele se virou com a bebida na mão, olhou direto para o rosto de Nikolay, que disse, 'Você pode terminar sua bebida, Carter, mas depois disso você tem que ir, cara.'

Cash olhou para ele, tentando localizá-lo.

Nikolay disse, 'Glebe, você se lembra?'

'Sim, eu me lembro agora... o estudante.'

Nikolay sentiu uma onda de raiva tomar conta dele. Ele arrancou o copo da mão de Carter com um soco e o jogou no chão. Bateu com força no estômago de Carter e disse, 'Hora de ir embora.'

Cash perdeu o fôlego. Ele ainda sentia a dor dos hematomas da noite anterior. Ele não queria lutar com ele agora. Ele não poderia vencer.

Nikolay o arrastou pelo braço direito, dizendo, 'Minha hora chegou. Você está criando problemas com as pessoas erradas. Meu chefe, Senhor Hassan, não gosta de você. Senhor Blake, ele não gosta de você e eu não gosto de você.'

Lá fora, na rua, Nikolay ainda o segurava pelo braço. Cash recebeu uma explosão de energia do ar frio. Isso o acordou. 'Não fique frouxo,' ele pensou.

Ele arrancou o braço do aperto de Nikolay, surpreendendo-o. Ele ainda estava um pouco sem fôlego com o soco, mas lançou um jab de direita sólido na lateral da cabeça de Nikolay. Isso o chocou. Cash tinha força.

Nikolay virou-se rapidamente. Cash o acertou novamente na lateral da cabeça, seguido de um gancho de esquerda sob suas costelas. Nikolay caiu de joelhos. Ele tentou acertá-lo com força na lateral da cabeça novamente, mas Nikolay o atacou como um touro e jogou Cash no chão. Subiu em cima dele e começou a bater nele implacavelmente com esquerdas e direitas.

Cash estava com as mãos levantadas, bloqueando o que podia. Choveram golpes. Ele foi atingido no olho esquerdo, na bochecha, sentiu a dor disparar em seu cérebro. Conseguiu disparar um gancho de esquerda na lateral da cabeça de Nikolay.

Nikolay deu um pulo, começou a chutar Cash na cabeça com seus sapatos duros e gritou, 'Seu filho da puta preto, morra, morra!'

Cash não conseguiu parar os chutes. Sentiu-se começar a perder a consciência... nada que pudesse fazer.

Um grupo de jogadores da liga de rúgbi caminhava pela rua. Alguns caras aborígines e ilhéus no grupo. Eles viram Cash sendo chutado, começaram a gritar e correr para Nikolay e Cash.

'Ei, ei, dê o fora dele. Dê o fora dele! um deles gritou. 'Ele é um irmão.'

Cash tentou se levantar, mas Nikolay ignorou os homens e continuou tentando acertar os chutes. Um dos homens o agarrou pelo braço; Nikolay o atingiu com força na têmpora. O jogador da liga de rugby caiu como uma chumbada no oceano, direto para a calçada. Os outros homens pularam em cima de Nikolay chutando e socando, jogando-o no chão.

Agora eles estavam chutando-o, enfiando as botas. Cash levantou-se grogue. Afastou-se lentamente dos homens que chutavam e batiam no gângster russo.

Nikolay continuou a lutar, chutando e socando, tentando fugir. Um homem agarrou Nikolay pelo pescoço. Ele mordeu o homem o mais forte que pôde, rasgando a carne de sua mão com os dentes.

O homem gritou em agonia.

Nikolay se libertou e gritou, 'Filhos da puta! Vamos. Seus filhos da puta.'

Os homens olharam para ele, depois para o amigo que Nikolay havia nocauteado. Eles ajudaram o amigo. Um dos jogadores disse a Nikolay, 'Saia agora ou vamos te matar, cara. Falo sério, vamos *matar* você.'

Nikolay ficou em pé alto e orgulhoso, sua camisa rasgada, sangue em seu rosto, suas calças risca de giz rasgadas nos joelhos. 'Não, eu vou matar *vocês*. Cada um de vocês.'

Os homens levantaram seu amigo. Conversaram baixinho entre si. Então deixaram Nikolay em pé ali, desafiador, sozinho.

Cash estava de alguma forma em seu carro, ligou e dirigiu para casa lentamente. 'Que merda de noite,' pensou. Esses últimos dias. Este Nikolay, trabalhando para Hassan, traficando drogas com Adam. Filho da puta durão.

Cash prometeu voltar ao treinamento sério. Amanhã, ele teria que avaliar o jovem. Se ele pudesse andar, era isso. Cara, ele estava dolorido. Uma dor de cabeça como nada que ele já tivesse experimentado. Ele se perguntou se deveria ser examinado no hospital. Descartou. Sua bochecha pode estar quebrada, ele pensou; a porra da órbita ocular também doía demais.

O que Aimee diria?

Cash não estava acostumado a ser espancado; normalmente era o contrário.

Suas mãos também tremiam. De novo.

CAPÍTULO DEZESSETE

De manhã, Cash acordou sentindo-se trêmulo; ele ainda tinha a mãe de todas as dores de cabeça. Aimee não estava na cama. Ele queria um cigarro. Café e um cigarro. Água. Então café da manhã. Ele lentamente saiu da cama. Ele tocou seu rosto; sua bochecha estava inchada. A área ao redor do olho esquerdo estava sensível ao toque.

Ele desceu lentamente as escadas. Ouviu Aimee na cozinha conversando com alguém. Queria saber quem diabos era. No banheiro, ele se olhou no espelho. Atordoado. Ele recuou alguns passos, depois avançou para olhar de perto. Ao redor de seus olhos havia hematomas roxos e amarelos. Ele olhou mais de perto; eram apenas hematomas. Ele viveria. Sua bochecha doía, mas ele podia ver que não estava quebrada. Ele tinha lidado com isso antes. Era a cabeça que o incomodava. Nikolay acertou mais do que alguns chutes.

Ele tomou banho. Aimee enfiou a cabeça no banheiro e disse, 'Seu novo protegido está aqui.'

'Huh?'

'O menino aborígine de Melbourne.'

'Oh merda, merda. Que horas são?'

'Onze e dez.'

'Como ele é?'

'Mais bonito do que você.'

Ele sorriu. Não disse nada.

Depois de se trocar em seu quarto, ele voltou para a cozinha. O jovem estava encostado na parede da cozinha. Ele era grande, construído como uma merda de tijolo. Grande tufo de cabelo preto e bigode, como Mick, ele pensou, mas não, não como Mick. Ele era maior, definitivamente um cara bonito também.

Cash disse, 'Ei, amigo, desculpe o atraso.'

'Está tudo bem,' ele disse em uma voz suave.

Cash foi até ele. James viu seu rosto, não disse nada, Cash estendeu a mão e disse,

'Sou Carter, mas as pessoas me chamam de Cash.'

'James Roach. Chame-me do que quiser.'

'Jim, tudo bem? Eu gosto de ser diferente.'

'Posso ver isso em seu rosto. Jim está bem.'

'O trabalho é que estamos procurando uma jovem desaparecida. Uma dançarino go-go nada menos. O nome é Tanya. Estamos indo para Nowra, para a casa da namorada dela, ver se ela está escondida lá.'

'Tudo bem por mim.'

'Eu tenho que tomar café, e, ah, você fuma?'

'Não.'

'Bom. Eu preciso comer alguma coisa também.'

Aimee aproximou-se de Cash. Disse, 'Você também tem cortes na cabeça.'

Cash passou as mãos pela cabeça. Franziu a testa. Disse, 'Dei um retoque ontem à noite. Já faz um tempo desde que isso aconteceu.'

'Sim, tipo um maldito dia,' disse Aimee, 'é melhor

voltar para a academia.' Mas havia um olhar preocupado em seu rosto que Cash ignorou.

'Certo, vou fazer um café. Quer café, Jim?'

'Não.'

'Certo. Café e cigarro para um.'

Suas mãos não tremiam mais.

———

Adam acordou mais ou menos na mesma hora em que Cash estava sentado no degrau dos fundos de seu terraço em Erskineville, acendendo o primeiro cigarro do dia. Adam se sentia bem, exceto pelo desejo de ficar chapado de novo e um pouco de dor de estômago. Necessidade e desejo, ele pensou consigo mesmo. No momento era desejo. Ele imaginou que a necessidade veio em algum momento, mas não deixou que o pensamento completo se concretizasse, talvez demais para suportar.

Gina ainda estava dormindo, sem se mexer um centímetro. Ele acordou cedo, sempre fez, sempre acordou. Costumava deixá-lo louco quando conheceu Gina. Ele acordava de pau duro, pensando no que tinham feito na noite anterior, na paixão crua daquilo. Ela dormiria até o meio-dia ou mais tarde, enquanto ele tentava ler ou acordá-la, sem sucesso em ambos. Ela finalmente acordou, queria café, um cigarro, não sexo. 'Agora não,' ela dizia. Finalmente, por volta das duas ou três, ela voltava ao normal. Montava-o como um cavalo de balanço, chupava seu pau como se fosse o pirulito mais saboroso do mundo. Fodiam de novo. Usavam drogas, ficavam chapados, fodiam de novo.

'Felicidades, cara.

Ele olhou em volta procurando o pequeno

cachimbo de vidro. Ele ficava chapado enquanto ela dormia. Encontrou o pequeno saco plástico que Hathai lhe dera com o pó branco. Ele colocou uma pequena quantidade de tabaco no cachimbo, um pouco de maconha e depois a heroína por cima. Acendeu o cachimbo, sugou a fumaça até o fundo dos pulmões. Ele gostava de ver a fumaça passar pelo tubo de vidro até seus pulmões. Ele segurou o cachimbo bem alto depois de sugar a fumaça dele. Uma forma de adoração à Deusa Heroína. Ele pensou em todos os nomes pelos quais era chamada: pó, branquinha, cheiro, beijo, dope, H, lixo, açúcar, neve, besta e hero, mais umas que ele não lembrava.

Ele gostava mais de 'lixo.' Ele estava agora na melhor high de sua vida. A realização veio gentilmente e feliz. Esta foi a primeira vez que experimentou o que Hathai lhes dera. Ele usou a última do lote de Nikolay ontem à noite. Isso era alegria; isso era puro prazer. Ele queria acordar Gina. Queria contar tudo a ela. Mas deitou-se na cama, sentiu a pressa na cúpula do prazer como nunca antes.

Porra.

Hathai.

Ele queria tirar a roupa dela.

Ele se levantou, incapaz de simplesmente deitar e se divertir. Desceu até a cozinha, fez um chá de hortelã, foi para a sala de estar. Os outros estavam no trabalho. Ele colocou Leonard Cohen o mais alto que pôde. Começou a dançar lentamente pela sala sozinho. Ele estava apenas de cueca samba-canção. Sorrindo como um gato Cheshire.

Gina veio até a porta da sala de estar. Acordada pela música. Observou-o por um tempo.

Ele a viu, estendeu os braços; ela se juntou a ele. Eles dançaram pela sala de estar ao som de 'Suzanne.' Abraçaram-se com ternura enquanto circulavam pela sala, a luz do sol entrando pelas cortinas puídas, o carpete gasto sob os pés.

Ela disse, 'Você está lindo.'

'Eu tive um gostinho.'

Ela riu. 'Claro que sim, olhe para nós.'

Ele riu. Disse, 'Isso é outra coisa, no entanto. Este é o material de Hathai. Oh cara, é tãããão gloriosamente foda, oh, expansão da mente ou algo assim.'

Ela parou e disse, 'Vou subir; Quero ficar chapada com você.'

———

Nikolay esperou do lado de fora da porta de aço do escritório de Billy Hassan nos fundos do clube de strip-tease na Darlinghurst. Chegou pontualmente às dez da manhã. Trabalho a ser feito. Hassan o deixou entrar. Nikolay abriu a grande porta de aço. Hassan estava atrás de sua mesa, ele não apareceu para o abraço de urso, disse, 'O que aconteceu?'

'Ele teve sorte.'

'Ele bateu em você?' Hassan disse, balançando a cabeça. 'Quem é esse cara?'

'Não, não, não. Um time apareceu. Um grupo de jogadores de rúgbi saiu para a noite, alguns deles iguais a ele. Aborígenes. Salvaram-no da surra, mas ele se machucou, sem dúvida.'

'Blake conseguiu uma imagem do cara?'

'Sim, ele disse que iria enviar para você.'

'E-mail?'

'Sim.'

'Espere.'

Hassan abriu sua conta do Gmail. Abriu o e-mail de Blake. Deu permissão para a imagem abrir. Ele olhou de perto e disse, 'Foda-se.'

'O quê?'

'Este é o cara?' Ele virou o laptop para encarar Nikolay.

'Sim, é ele.'

'Esse cara é policial.'

'Você o conhece?'

'O nome dele é Cash, não Carter. Ele matou— ele... merda... ele matou a IP de Abbotts, a garota, Sally Bois. Por que diabos ele está fazendo isso? Ele é um policial. Tenho que ligar para Abbott. Porra. Eu... eu deveria ter deduzido.'

'Ele não é policial,' Nikolay balançou a cabeça. 'Ele não mostrou nenhuma identidade no clube, não disse a Blake, "Sou policial, posso fazer isso ou aquilo com você." Ele não disse nada para mim como "eu sou um policial"—você sabe, você encontra um policial e eles dizem para você ter cuidado. A única coisa que você *não* faz é matar um policial. Ou bater nele!'

'Você mata quem você tem que matar.'

Hassan olhou para Nikolay, para o hematoma roxo na lateral da cabeça. Disse, 'Ele bateu em você com força.'

'Ele sabe o que está fazendo.'

Hassan ficou imóvel. Pensou, 'Preciso repensar tudo isso. Dizer para Abbott. Descubrir se esse cara ainda é policial ou não.'

CAPÍTULO DEZOITO

Cash saiu do túnel para a rodovia para a costa sul. Disse a James Roach, 'Você gosta de jazz?'

'Não tenho ouvido muito.'

Cash apertou um botão no console e disse, 'Toque Art Blakey.'

Deixou-o inundar os dois por alguns minutos, como um trompete ardente.

James disse, 'Eu gosto, sim; esse trompete tocando.'

Cash sorriu. Ele gostou desse cara.

Eles chegaram em duas horas. O Google Maps os direcionou para o final de uma pista onde os portões bloqueavam sua entrada. Angie havia lhe dado um código para o portão. Cash saiu do carro e digitou os números no teclado. Os portões se abriram lentamente para dentro. Ele voltou para o carro, atravessou.

O que ele viu foi uma modesta cabana de praia. Uma pequena casa de tábuas brancas. Ele esperava algum tipo de casa projetada por um arquiteto que valesse uma fortuna, com linhas retas e toda essa merda. Os dois saíram do carro e subiram os três pequenos degraus até a porta da frente.

James disse, 'Tem alguém aí.'

'O que?'

'Ouça.'

Uma porta bateu.

'Pelos fundos.' James disse e disparou pela lateral da casa. Ele passou por algumas árvores de chá ao lado da propriedade para ver alguém de jeans azul, uma camiseta vermelha tentando escalar a cerca. James correu para ele, saltou, arrastou-o para baixo. Virou a pessoa em pé. O homem lançou um soco de direita em James, que o desviou, colocou a mão grande em volta do pescoço do homem e disse, 'Fique quieto. Não se mexa.'

Cash assistiu isso acontecer. Disse, 'Deixe-o levantar. Segure-o, mas deixe-o levantar.'

Ele era um garoto, não um homem.

Cash disse, 'Quem é você?'

'Eu não sou ninguém. Ninguém. Você me deixa ir e eu não vou voltar, prometo.'

'Quem é você?' Cash perguntou novamente. 'O que você está fazendo nesta casa?'

'A dona me paga para vir cuidar dela.'

'Besteira,' disse Cash.

James sorriu e disse, 'Parece um guarda de segurança.'

O garoto disse, 'Eu não deveria estar lá dentro. Ela me paga para vir. Tenho a chave do abrigo do jardim.' Ele apontou para um pequeno galpão. 'Eu trato dos gramados, corto as árvores.'

'Qual o seu nome?' Cash perguntou.

'Andy.'

O garoto tinha cerca de dezesseis anos com a

cabeça raspada número um. Pequeno, com olhos verdes. Um garoto bonito, na verdade.

Cash ligou para Angie, ela atendeu depois de alguns toques.

'Carter, você está aí?'

'Você conhece um garoto chamado Andy?'

'Sim, ele está aí?'

'Sim, mas por que diabos você não me contou sobre ele?'

'Escapou da minha mente. Eu—'

'Eu perguntei se havia alguém aqui embaixo para quem você pudesse ligar.'

'Isso foi um erro. Um erro honesto.'

'Tanya tem alguns amigos fodidos. Você quer encontrá-la ou não?'

'Andy esteve aí apenas alguns dias atrás. Achei que ele não estaria agora.'

'Ele estava dentro da casa.'

'Ele não deveria estar.'

'Sem merda. Você quer falar com ele?'

'Sim.'

Ele deu seu celular para Andy e disse para James, 'Solte-o.'

Andy disse, 'Olá, Angie, desculpe, mas a porta dos fundos estava destrancada. Eu só queria assistir a smart TV. Não tenho em casa.'

Houve silêncio enquanto Andy ouvia Angie. O céu, azul claro, pontilhado de pequenas nuvens cirros brancas, os pássaros cantavam e piavam. James observou o garoto atentamente. Cash esperou impacientemente. O menino finalmente disse, 'Sim, sim, uau, obrigado Angie.' Devolveu o celular a Cash dizendo, 'Ela quer falar com você.'

'Ele disse que a porta dos fundos estava

destrancada. Eu tranquei. Eu verifiquei mais e mais. Sou compulsiva com essas coisas. Eu sei que estava trancada.'

'Certo, e quanto ao garoto?'

'Você pode dar a ele as chaves quando você sair? Ele só quer assistir a TV. Ele não tem uma em casa. O pai dele também é um pouco bêbado. Eu confio nele, eu... odeio que alguém esteja lá dentro, mas ele está bem. Não sei o que está acontecendo.'

'Darei as chaves a ele quando partirmos. Mais alguma coisa que você não me contou?'

'Não, não. Desculpe. Eu amo Tanya. Eu a quero de volta.'

'Você telefonou para Peter, avisou que eu estava voltando?'

'Telefonei. Eu queria alguma explicação sobre o que diabos estava acontecendo.'

'Mas disse a ele que eu estava indo.'

'Sim, eu o avisei. Achei que você fosse machucá-lo.'

'Vou contar uma história sobre o que aconteceu com Peter quando eu voltar. O que ele fez. Do que ele é capaz. Você pode querer encontrar outro sanguessuga para trazer as meninas.' Cash pressionou 'fim' antes que ela pudesse responder. Ele se virou para o jovem Andy, tirou algumas notas do bolso, deu-lhe vinte dólares e disse, 'Dê o fora por uma hora. Eu lhe darei as chaves quando voltar.'

Andy não disse nada, apenas pegou a nota e saiu.

Cash disse a James, 'Passe por todo o lugar. Vou ficar com a cozinha e os dois quartos. Você vai para qualquer outro lugar.'

'Procurando o que exatamente?'

'Sinais de que alguém esteve aqui. Drogas, bitucas

de cigarro, seja o que for, você é esperto. Você saberá se encontrar.'

James foi para a sala de estar, Cash caminhou pelo corredor até o primeiro quarto. Começou a vasculhar o guarda-roupa embutido. A mesma rotina que ele tinha feito várias vezes antes. Olhando nos bolsos, passando a mão por todas as superfícies. Ele veio com nada. Atirou para o lado os lençóis da cama de casal. Nada. Nada entre os lençóis também. Ele foi até a cômoda. Havia um pacote de absorventes internos na gaveta de cima entre as calcinhas. Ele o abriu. Estava cheio de maconha de boa qualidade. Cabeças úmidas e pegajosas cheias de THC. Isso o fez sentir vontade de misturar uma tigela.

Ele ligou para Angie novamente.

'Não desligue de novo, porra,' foi a primeira coisa que ela disse.

'Sim, tudo bem, me desculpe. Agora escute. Que marca de absorventes você usa?'

'O *quê*?'

'Que marca de absorventes você usa?'

'Tampax, por quê?'

'Tem um pacote de Kotex aqui cheio de maconha. Seu?'

'Não.'

'Você se lembra de qual marca Tanya usava?'

'Kotex.'

'Você se lembra de tê-los visto da última vez que esteve aqui?'

'Onde?'

'Gaveta de cima da cômoda ao lado de sua cama no lado direito.'

'Não. E vou até a primeira gaveta todas as manhãs, obviamente, para pegar calcinhas limpas.'

'Você está dizendo que ela está aqui ou já esteve aqui.'

'Andy não vai... talvez vá. Pergunte a ele. Mas não minha.'

'Obrigado. Eu voltarei para você.'

'Cash!' James explodiu de dentro da casa em algum lugar.

Cash foi procurar a voz, gritando, 'Onde você está?'

'Cozinha.'

Cash entrou e disse, 'Eu deveria fazer a cozinha.'

'Desculpe chefe. Mas tem leite aqui. Não expira até daqui a sete dias.'

'Andy ou nosso misterioso fumante de maconha.'

'O que?'

'Encontrei maconha no quarto, não pertencente a Angie, a garota que é dona do lugar. A namorada, amante, o que for da nossa garota desaparecida.'

'Vou continuar procurando.'

'Bom. Eu farei o segundo quarto, tudo bem?'

'Tudo bem comigo, chefe.'

Cash passou por isso. Nada encontrado. Saiu.

James saiu do banheiro. Viu Cash e disse, 'Sabão foi usado recentemente. Está úmido, mas pode ser nosso amigo Andy.'

'Vamos esperar, então.'

Andy apareceu depois de mais vinte minutos.

Cash perguntou a ele sobre a erva.

'Eu fumo um pouco de maconha, mas hum, sim, não sei nada sobre tampões.'

'O leite na geladeira é seu?'

'Não.'

'Você lava as mãos no banheiro?'

'Sim.'

'A namorada de Angie esteve por aqui?'

'Talvez três ou quatro dias atrás. Achei que alguém estava aqui. Não sei... como se sentisse cheiro de fumaça de cigarro, mas nunca fumo dentro de casa.'

'Você acha que era ela?'

'Ninguém mais vem aqui exceto Ang e Tanya, mas eu não sei ao certo nem nada.'

'Angie confia em você. Ela vai te dar as chaves, então nada de festas, certo?'

'Não, cara. Venho aqui para fugir do velho, o porra bebendo e fazendo merda.'

'Você estará seguro aqui então.'

'Sim, ele adormece cedo, chateado, então só de dia eu tenho que sair.'

'Escola?'

'Sim, eu vou, mas é feriado.'

'Você joga liga?' James perguntou.

'Sim, eu jogo na escola e no clube local. O velho era muito bom, eles acham. Fotos dele no clube, mas ele está bagunçado agora.'

'Em que posição você joga?' James perguntou.

'Meio de campo.'

'Jogador favorito?'

'Andrew Johns. Nunca o vi ao vivo, mas consegui todos os destaques. Meu treinador na escola me deu um USB com todos os seus destaques.'

'Grande jogador,' disse Cash. 'Você já viu Anthony Mundine.'

'Sim, meu treinador é aborígine; ele me mostrou bastante Mundine, mas eu gosto mais de Johns.'

'Você acha que Tanya estava aqui?' Cash perguntou.

'Só a fumaça do cigarro. Não consigo imaginar o que mais seria.'

'Não estrague tudo, Andy,' disse Cash. 'Nós estamos indo agora.'

Eles saíram e entraram no carro. Cash disse a James. 'Você gostaria de três ou quatro noites aqui em um motel?'

'Hum, sim. Você acha que ele está mentindo?'

'Não, acho que ele está falando a verdade. Acho que ela pode estar aqui.'

'Você conhece um motel?'

'Você tem o Google no seu celular ou o quê?'

'Sim, chefe.'

Cash deixou James no Motel Dolphin. Era cerca de meia hora a pé da casa de praia. Havia uma pequena locadora de carros em Nowra, onde eles alugaram um velho Mazda2 em um contrato do tipo pechincha, que James usaria para rastrear Andy quando ele saísse de casa e para vigiar a entrada da casa. À noite, foi combinado que James escalaria a cerca dos fundos para ver se Tanya estava lá. Ele comprou algumas roupas íntimas e camisetas no shopping local.

Cash ligou para Angie, informou-a e disse, 'Alguém estava lá. Se você está me dizendo a verdade que a erva não é sua e—'

'Eu estou te dizendo a verdade. O que há de errado com você?'

'Angie, no meu jogo todo mundo é mentiroso até que se prove o contrário.'

'Eu entendo, mas eu a amo. Eu a quero de volta.'

'Entendido. Você quer uma bebida, mais tarde?'

'Claro.'

'Telefono para você quando voltar para a cidade.'

CAPÍTULO DEZENOVE

Hassan bateu na porta à frente do enorme terraço de Abbott em Paddington. Esperou. A porta se abriu lentamente. Abbott estava lá, vestido com um terno preto, camisa branca, gravata vermelha apertada contra o pomo de Adão. Pequena barba grisalha aparada com perfeição. Seus bíceps pressionando contra o tecido do terno. Um homem pequeno que se mantinha firme e ereto como se fosse um homem maior.

Hassan disse, 'Senhor Abbott.'

'Billy, entre.' Abbot ficou de lado.

'Siga-me,' ele disse assim que a porta foi fechada e levou Hassan para a biblioteca.

Abbott era o chefe da Igreja New Light, um dos maiores doadores políticos do governo conservador. Atormentado por escândalos há alguns anos—causados por Carter Thompson quando ele era policial do escritório do promotor—ele se recuperou com rapidez e facilidade e cresceu em números a cada dia.

Tony Wu, repórter do jornal diário *The Star*, denunciou a Igreja New Light e seus três principais candidatos ao Senado como parte de uma quadrilha de sexo em um motel decadente em Kings Cross, de propriedade de um membro da Igreja. Havia um USB com imagens de membros de alto escalão da igreja brincando com meninos e meninas possivelmente menores de idade. A história se tornou viral e os candidatos renunciaram.

Abbot culpou Thompson porque encontrou o USB e o enviou para Wu. Os três candidatos ao Senado tinham quase certeza de vencer e teriam mantido o equilíbrio de poder no Governo Federal, tornando a Igreja New Light imensamente poderosa. Mas isso se foi agora. Novos candidatos e reputação foram restaurados, mas Abbot teve que esperar mais um ano por uma eleição, e o equilíbrio de poder não estava mais em disputa.

Abbott era um pregador do Antigo Testamento, que mudou com o tempo, e a Igreja New Light era sobre vestir-se bem, ter boa aparência, sem sexo antes do casamento (uma piada), palestras inspiradoras de pregadores carismáticos e música de merda de rock suave para atingir os jovens e impressionáveis. No entanto, Abbott ainda acreditava no olho por olho.

Cash odiou todo o esquema com paixão, mas ele saiu do Ministério Público porque nada realmente mudou. A Igreja New Light, ou algo parecido, sempre estaria lá. Hassan assumiu o papel de fornecer as meninas, bebida e drogas para os membros confiáveis do alto escalão e para os políticos, para que pudessem suborná-los e extorqui-los. Mas Hassan também era inteligente. Esses grupos se moviam por toda parte, usando locais diferentes duas ou três vezes por semana, fornecendo o que quer que a Igreja e seus parasitas políticos e comerciais quisessem. Um tipo de punição do Antigo Testamento foi o que Cash lhes deu. Talvez ele tivesse que fazer isso de novo?

Sentaram-se frente a frente em poltronas de couro marrom. Abbott disse, 'Quando Carter Thompson apareceu no seu radar?'

'Esta manhã. Um dos meus caras recebeu um trabalho, você sabe, para intimidar, coisas como eu fiz para você.'

'Sim.'

'Disseram-me que o cara era um investigador particular chamado Cash; não tocou em nada para mim, mesmo quando meu amigo Blake disse que era um Abo... porque eu conhecia esse cara como um policial que matou Bois, não Cash ou o que quer que seja.'

'E?'

'Meu cara estava batendo nele, então esse Cash ou Carter foi salvo por um grupo de jogadores de rúgbi durante a noite. Pedi para ver uma foto dele que meu amigo dono da boate tinha tirado para mostrar pro meu amigo. Juntei tudo assim que vi a foto, mas ele não é mais policial.'

'Estou de olho em Thompson. Ele começou a jogar em um bar de narguilé com o qual tenho uma conexão. Eu também organizei para ele ser disciplinado, mas ele também escapou disso. A hora dele vai chegar. O que eu quero saber é por que ele foi perseguido por seu amigo, o dono da boate?'

'Ele estava assediando um amigo dele por causa de uma garota desaparecida. Acusando-o de mentir, ameaçando-o com violência se não contasse a verdade. O cara se assustou, ligou para o dono da boate que faz umas coisas para me ajudar e me pediu para ajudá-lo.'

'Qual é o nome do dono da boate?'

'Blake Andrews.'

'Acho que conheço o pai dele. Ele está em publicidade. Não é membro da Igreja, mas está na minha rede, como você, Billy. Você pode me dizer mais alguma coisa sobre Thompson?'

'Meu cara, Nikolay, que estava atacando ele, o encontrou antes disso, em uma casa em Glebe.'

'Que casa? Com quem?'

'Uma casa de estudantes. Nikolay está ajudando eles com algumas coisas e esse Carter Thompson estava lá quando Nikolay estava lá. É um mundo pequeno, Senhor Abbott.'

'É verdade, Billy. Acho que a sorte nos favoreceu aqui.'

'O que você vai fazer com Thompson?'

'Eu preciso pensar sobre isso. Ele não é mais um policial, mas não podemos matar o homem. Olho por olho seria a minha escolha. Sally Bois era uma de nós, mas destruí-lo de outras maneiras pode ser mais satisfatório.'

'Meu cara, Nikolay, ele adoraria outra chance em Thompson.'

'Agora não, ainda não. Na verdade, diga ao seu homem para não prejudicá-lo de forma alguma. Ele não assusta assim... mas há *outras* maneiras.'

———

Fora da cidade, Cash parou e ligou para Aimee, 'Querida, estou atrasado. Deixei James em Nowra. Estarei de volta em algumas horas.'

'Você a encontrou?'

'Não, mas há vestígios dela, migalhas de pão deixadas por alguém. Talvez ela, talvez não. Não sei.'

'Tome cuidado.'

'Eu vou.'

Ele ligou para Angie e, quando ela atendeu, ele disse, 'Posso estar na sua casa em meia hora, se quiser aquela bebida.'

'Estarei aqui. Eu trabalho em casa, principalmente.'

'Vejo você em breve.'

Cash ligou para o pai de Tanya. 'Doug, consegui algum progresso para você, mas, por favor, sem grandes esperanças, ainda não. Isso é mais uma coleta de informações, só isso, mas me sinto melhor com tudo isso.'

'O que é?'

'Sua filha estava em um relacionamento com uma mulher chamada Angie. Ela está no negócio de modelos, como em pessoas bonitas, não em trens de brinquedo e aviões.'

'Vá direto ao ponto, Thompson.'

Ai. Cash pensou, 'Foi um nervo que eu atingi?'

'Sim, com certeza. Ela tem uma casa de férias em Nowra, na costa sul. Há alguma evidência que sugere que Tanya esteve lá na semana passada.'

'Porra, que tipo de evidência?'

Cash de repente sentiu que não conhecia Lever, mas era sua filha. A emoção era permitida.

'Sua filha fumava maconha e também usava tampões Kotex. Havia um pacote vazio de tampões Kotex cheio de maconha na casa. Angie confirmou que não era dela e que ela não usa essa marca. Além disso, havia leite na geladeira dentro do prazo de validade. Angie não esteve lá nem comprou leite.'

'É ela. Deve ser.'

'Hmm, sim, mas tem um garoto que cuida do

jardim lá. Ele havia invadido a casa. Não estou dizendo que é ele, mas qualquer um pode comprar leite e maconha. O pacote de tampões vazio poderia estar por aí. Angie não pensa assim. Tenho um funcionário lá por alguns dias em um motel. Ele vai rastrear o menino, ficar de olho na casa, ver se Tanya aparece.'

'Merda. Eu sinto que estamos muito perto dela. Você acha que é ela, não é?'

'Talvez. Mas por quê? Por que se esconder lá embaixo? Por que você não liga para o seu pai ou para a sua namorada?'

'Drogas sérias podem estar envolvidas?'

'Não sei Doug. Estou juntando tudo.'

'Obrigado. Obrigado por me manter atualizado. Chantal disse que você faria. Eu reclamei com ela que você não ligou, mas ela disse—'

'Está bem. É sua filha. Entendo. Tenho uma filha, embora ela esteja chateada comigo no momento.'

'Qualquer coisa que você precisar, Senhor Thompson. Qualquer coisa.'

'Certo, obrigado, entrarei em contato.' E pensou, 'Foda-se esse caso.'

Amanhã, ele tinha que estar em cima de Adam, que tinha aquele valentão russo por aí.

Antes que Cash pudesse ligar o carro, um telefonema de Steele chegou em seu celular.

'Sim, aqui é Carter.'

'Billy Hassan foi visto saindo da casa de Abbott alguns minutos atrás.'

'Não sou mais policial.'

'Isso também é sobre Adam.'

'Amanhã estarei com Adam.'

'E hoje?'

'O que você queria de mim?'

'Você ainda está bem com aquele repórter, Wu, do *The Star*?'

'Faz muito tempo que não falo com ele.'

'Faça isso agora. Conte a ele sobre Hassan.'

'Jesus, Steele. Estou fora disso.'

'Abbott foi quem organizou o ataque. Não do russo do seu amigo no bar de narguilé.'

'Como você sabe?'

'Mandei outro policial verificar Eyden daquele bar.'

'Porra. Abbott. Depois de todo esse tempo.'

'Ele tem uma memória longa. Você fez um trabalho sobre ele e a Igreja, Carter. Tinha que acontecer algum dia.'

'Retorno.'

'Sim.'

'Tudo bem, vou ligar para Wu. Algo mais?'

'Onde você está?'

'Prestes a ficar com a cara de merda com uma senhora que contrata garotas e garotos bonitos para cumprir suas ordens.'

'Adam?'

'Ele não está atualmente em perigo de se machucar. Eu vou estar com tudo amanhã. O jovem James Roach está em Nowra. Eu o coloquei para trabalhar. Veremos do que ele é feito.'

'Bom saber. Entre em contato com—'

'Wu, sim, entendi, tchau.' E ele fez.

'Alô?'

'Wu, é Cash.'

'Jesus, Cash Thompson, arma de aluguel. A que devo o prazer?'

'Abbott.'

'Estou ouvindo.'

'Billy Hassan acabou de sair da casa dele em Paddington.'

'Eu preciso de mais.'

'Por enquanto é isso. Mas estou indo para ele novamente. Ele brigou comigo por meio de alguém que conheço.'

'Não posso fazer muito com isso—oh, espere. Conheço o cara que faz a coluna de fofocas. Sidney Confidencial. Vou passar a informação de Hassan. Esse cara fofoqueiro, ele é um idiota, ele vai fingir... como essa conhecida identidade de Kings Cross e homem de notícias, Billy Hassan foi visto saindo da residência palaciana de Paddington de um certo Senhor Abbott, chefe da Igreja New Light. Só podemos imaginar as conversas, etc., etc.'

———

'Ha-ha. Fodam-se, seus jornalistas.'

'Eu não iria tão longe a ponto de chamar meu amigo de jornalista, mas ele acertou em cheio.'

'Isso basta para começar. Você tem outra história aqui, Wu. Esse Prêmio Walkley aguarda.'

'Vou começar a investigar a conexão Hassan. Talvez possamos nos livrar de Abbott desta vez.'

'Espero que sim, mas nós conhecemos Wu, não é? É como aquele jogo em parques de diversões e espetáculos secundários, onde você pega o martelo e tenta acertar a cabeça que levanta; elas continuam vindo. Alguém sempre vai tomar o lugar dele, levantar a cabeça. Eu tenho que ir, até mais.'

CAPÍTULO VINTE

Cash tocou a campainha do portão da frente da casa de Angie. Esperou um minuto inteiro antes de ouvi-la dizer, 'Empurre o portão, Carter.'

Ele empurrou. Ele andou.

Ela estava em pé com a porta da frente aberta, vestida de linho branco da cabeça aos pés. Camisa e calça esvoaçantes, sapatos macios e marrons claro nos pés. Ela disse, 'Oi. O que aconteceu com o seu rosto?'

'Trabalho.'

Eles se encararam, Cash estendeu a mão para ela, ela deixou. Ele a puxou para perto dele, beijou-a com força na boca. Ela segurou seu antebraço com força. Ele a agarrou pela cintura, puxou-a com força. Ela o beijou de volta, suas línguas entrelaçadas. Suavemente, lentamente, eles se beijaram.

Ele se afastou e disse, 'Você é demais.'

'Entre.'

Ela fechou a porta da frente atrás deles. Eles se juntaram rápido. Cash agarrou sua bunda com força; ela o imitou, agarrando sua bunda com força. Eles se beijaram forte e apaixonadamente novamente. Ele começou a desabotoar a camisa dela. Ela saiu rapidamente, caiu no chão. Ela estava nua da cintura para cima. Ela empurrou a jaqueta de couro de seus ombros e a tirou imediatamente. Ela desabotoou a camisa dele, então agarrou a fivela do cinto e a desfez rapidamente.

Ele tirou a calça jeans, chutando-a enquanto ela a puxava para baixo, observando-o avidamente. Ela pôs a mão dentro da cueca preta dele, puxou o pau dele para fora e ficou de joelhos. Olhando para ele, ela lentamente acariciou seu pênis e disse, 'Você gosta disso?'

'Sim, sim,' disse ele, respirando mais rápido.

Ela o acariciou para cima e para baixo, cada vez mais lentamente, olhando-o nos olhos. 'Eu amo sua pele morena; você é lindo.'

Ele não disse nada. Ela colocou a boca sobre a cabeça de seu pênis. Ele respirou pesadamente quando ela deslizou a boca sobre a cabeça, dentro e fora, então parou e lambeu suavemente.

Ele estava em êxtase.

Adam e Gina perseguiram o dragão, mas não foi o suficiente. Eles injetaram um pouco da heroína de Hathai. Fizeram amor languidamente. Deitaram na cama depois, absolutamente esgotados, pelo menos Adam estava. Gina tentou deixar seu pau duro novamente, mas não funcionou. A heroína pode fazer isso. Mas ela não se importava muito. Ela estava deitada no chão ouvindo Velvet Underground. A música clichê dos usuários de heroína, mas que porra é essa? Era perfeito.

———

Nikolay estava saindo da cama na casa de Hathai em Darlinghurst.

Ela disse a ele, 'Você tem o corpo com as cicatrizes mais horrendas.'

Ele tinha cicatrizes de facadas, uma bala que atravessou o ombro direito. Um pit bull o atacou e rasgou sua carne na coxa esquerda depois que ele espancou o dono até a morte em um pequeno apartamento no Bronx, em Nova York, cerca de uma década atrás. Ele matou o cachorro com uma faca, cortou sua estúpida garganta. Ele havia sido espancado por guardas da prisão com uma mangueira de borracha, que deixou marcas permanentes em suas costas.

Ele se virou e disse, 'Não foi tão bonito consegui-las.'

Ela sorriu e disse, 'Meu guerreiro.'

'Não guerreiro, só trabalho... é o que eu faço.'

———

Nem todo mundo estava fodendo como reis e rainhas. Aimee estava aspirando o chão, limparia a cozinha enquanto esperava Cash voltar para casa.

Ele não estava, no entanto, pensando nela agora.

Doug Lever ainda estava no trabalho às oito da noite. Ele não precisava estar lá, mas não havia nada para ele em casa. Por que ela não ligou? Um telefonema acabaria com sua miséria. Ela era uma sapatão de acordo com Thompson. A filha dele tinha namorada. Mas ele poderia perdoá-la qualquer coisa se ela voltasse para casa. Só fizesse um telefonema.

———

Tony Wu estava tentando descobrir a melhor maneira de conseguir a história. Ele precisava de olhos em Hassan e Abbott. Ele ligou para Cash de volta para ver se ele tinha alguém para fazer o trabalho em Hassan. Ele não estava atendendo o telefone. Ele próprio decidiu seguir Hassan. Esperança de dinheiro ou rastro eletrônico.

O antigo chefe de Thompson, Steele, conseguiria uma escuta no telefone de Abbott? Relacionando-se com um criminoso conhecido e tudo. Hassan havia cumprido pena anos atrás por agressão. Abbott conhecia Wu desde os últimos quinze rounds. Ele precisava de alguém novo em Abbott. Esperava que Thompson pudesse ajudar com isso também.

———

Blake ligou para Peter por volta das nove da noite na sexta-feira de seu escritório no clube.

'Blake, oi. Está ocupado?'

'Eles estão entrando pelas janelas,' ele riu.

'Como foi com o IP?'

'Meu amigo mandou seu homem lhe dar uma boa surra, passar a mensagem para ficar longe de você, mas houve um grupo de caras que interveio e parou completamente a miséria acontecendo. Mas o cara, o nome dele é Nikolay, ele disse que o machucou bem.'

'Ferido o *suficiente*, espero.'

'Não se estresse com isso. Ele não voltou hoje, não é?'

'Não, você está certo. Mas ele é um cara assustador.'

'Não se preocupe querido, você vem esta noite?'

'Mais tarde, sim, terei meia dúzia de amores comigo. Podemos entrar na seção isolada lá em cima?'

'Claro, você não precisa perguntar.'

'Legal, até breve.'

———

Big Aaron estava sentado no sofá com sua namorada, Nicki. Nenhum dos dois disse nada. Aaron estava completamente exausto; ele esperava que o sono viesse. Não veio na noite anterior. Ele estava voando para Dubbo amanhã com Nicki. O corpo seguia pela estrada; era menos caro. Ele ainda não conseguia acreditar. Seu irmão, oh cara. Qualquer um menos seu irmão. Ele adorava fazer aqueles trabalhos com Cash. Era perigoso. Parte do trabalho, mas isso. Foi demais.

CAPÍTULO VINTE E UM

Cash acordou às oito. Aimee não estava na cama. Ele havia tomado banho na casa de Angie na noite anterior, limpando o corpo de todo o cheiro de Angie. Mas nada de xampu ou sabonete, nenhum cheiro estranho que Aimee pudesse detectar. Angie era selvagem. Mas Aimee também. Por que ele fez isso, ele pensou? Mas ao mesmo tempo sorrindo, pensando no que havia acontecido entre eles. Ele deveria terminar com Aimee, não era justo; ele tinha o DNA ruim, pensava. Não considerou muito que ele não tinha autocontrole. Ele saiu da cama, desceu as escadas até o banheiro, urinou, gritou o nome de Aimee, mas ela não estava lá. Estava trabalhando no café em Newtown.

Cash sentou-se à mesa da cozinha de jeans azul e camiseta branca. Telefonou para a melhor amiga de Tanya, Annie. Ela respondeu.

'Senhor Thompson?'

'Cash vai servir bem.'

'Tudo bem, Cash. Você a encontrou?'

'Não. Você não me viu lá duas noites atrás?'

'Eu não estava trabalhando. O que aconteceu?'

'Os funcionários foram avisados para não falar comigo.'

'Oh. Não tenho turno até esta noite.'

'Duas noites atrás, no grande bar do primeiro andar, havia um barman loiro. Você sabe o nome dele? Como posso alcançá-lo?'

'Parece Paul.'

'Parece ou é?'

'Sim... é Paul, ele é o único barman loiro.'

'Como posso chegar até ele?'

'Posso ligar para ele.'

'Você sabe onde ele mora?'

'Sim. Espere. Tenho o endereço dele em um caderno.'

Cash esperou. Ela voltou ao telefone, leu um endereço na Avenida Consett, Bondi, e disse, 'Ela disse que Paul costumava confiar nela.'

'De que maneira?'

'Ela não diria. Ela é leal assim.'

'E Blake?'

'Sim, seus pais compraram uma casa para ele em Rose Bay.'

'Você também tem esse endereço?'

'Sim.' Ela deu a ele.

'Não conte a eles, Annie. Não quero que sejam avisados.'

'Não. Eu não vou.'

'Acho que estou chegando mais perto.'

'Bom.'

'Fique forte, eu vou ligar para você diariamente.'

'Obrigada.'

Cash iria agitar as coisas. Mas primeiro, ele ligou para James Roach em Nowra.

'Nada, chefe. Andy ficou lá até cerca das sete ou

oito, depois foi para casa. Vigiei a casa e entrei por volta das nove. Nada. Leite intocado. Nenhum sinal de ninguém.'

'Você fica mais duas noites, então eu preciso que você volte e comece a seguir alguém em um trabalho diferente.'

'O que você disser, chefe.'

'Telefone caso qualquer coisa aconteça.'

'Eu vou.'

Cash guardou a arma depois do que aconteceu com Mick, mas com o russo Nikolay lá fora, ele colocou o coldre de volta, colocou a Glock dentro. Alisou o paletó preto com a mão direita. Ele usava jeans preto, Doc Martins nos pés. Ele abriu a porta da frente para a chuva forte.

Ele passaria algumas horas em Adam. Ele telefonou para a casa novamente. Adam atendeu e ele desligou. Ele estava lá e era apenas uma viagem de dez minutos. Ele entrou no Valiant branco, ligou o carro e disse, 'Toque Tony Williams, Tokyo Live.' Wallace Roney tocava trompete, Bill Pierce no saxofone, Miller no piano, Ira Coleman no baixo. Um quinteto para morrer—ou regravação. Cash fechou os olhos momentaneamente, então saiu do meio-fio e dirigiu até a casa de Adam sob a chuva forte, o jazz soprando como louco.

Ele estacionou em um local semelhante ao outro dia. A chuva felizmente havia parado. Ele abaixou a música. Pensou em Aimee. Primeiro Chantal, agora Angie. Foi a raiva de Angie que o excitou, a maneira como ela o deixou saber o que pensava. Ela tinha afastado Tanya com esse tipo de coisa?

Ela era tão magra que seus seios pareciam desafiar

a gravidade. Tudo estava onde deveria estar com ela, e ela tinha quarenta anos, assim ele adivinhou. Tanya duas décadas mais jovem. Ele se perguntou se ela transava com os caras de sua agência de modelos, ou ele era um peixe estranho que ela desejava para uma aventura? Ela tinha sido casada, ele sabia disso. Ela não estava no Facebook ou no Twitter e sua conta no Instagram mostrava apenas fotos de suas modelos anunciando roupas de marca. Como ele poderia descobrir como ela realmente era? Peter saberia. Ele se esqueceu de perguntar se ela foi ao clube quando Tanya estava dançando. Ainda um milhão de perguntas.

———

Peter ligou para Angie, ela atendeu com o dedo indicador e disse, 'Oi, Pete.'

'Hey Angie, eu encontrei a garota mais bonita para você.'

'Onde?'

'Ela estava em um café em Bronte. Eu estava lá para encontrar Celia e essa menina, uau! Eu apenas pensei, ela é impressionante. Como Kate Moss. Sério, ela me surpreendeu. Eu peguei o nome dela, dei a ela meu cartão. Ela ficou bem quando Celia começou a falar com ela e a convenceu de que eu era legítimo, não um canalha atrás de sua boceta.'

'Mas o suficiente de um canalha para tentar bater em nosso amigo indígena.'

'Como você sabe disso?'

'Temperamento, temperamento, Pete.'

'Como você sabe disso, Angie?'

'Eu dormi com ele.'

'Jesus.'

'Assustado?'

'Eu deveria estar?'

'Não. Ele não vai te machucar. Eu o fiz prometer.'

'Obrigado.'

'Mas ele pode lhe fazer uma visita. Apenas seja legal. Seja você mesmo, encantador. Ele é realmente adorável e bonito. Grande foda.'

'Quando você pode ver essa garota?'

'Qual o nome dela?'

'Glenda Robinson.'

'Oh, céus. Mas podemos mudar isso. Faça isso mais tarde hoje, se puder. Se ela for como você diz, podemos fazê-la trabalhar rapidamente.'

'Vou telefonar para ela e marcar uma hora. Ela deve ir ao escritório ou à sua casa?'

'A casa.'

'Ótimo, tchau.'

———

Cash ficou sentado observando a casa de Adam por duas horas. Já era quase uma da tarde. Ele teve uma ideia. Ele ligou para Aimee.

'Oi querido,' ela disse, 'onde você está?'

'Em Glebe, vigiando uma casa.'

'Quando você vem para casa? Vou ver minha mãe quando terminar em alguns minutos.'

'Você pode pular isso?'

'Por quê?

'Você me perguntou sobre trabalhar. Eu quero que você tome o meu lugar aqui. Vigie a casa, ligue-me se o jovem que mora lá sair e o siga. Ele é filho de Steele.'

'Quanto?'

'Vinte e cinco a hora?'

'Quantas horas?'

Ele riu e disse, 'Quatro horas no máximo. São cem dólares.'

'Tudo bem, em dinheiro, claro.'

Ele riu de novo, percebendo que a amava e era um completo e absoluto pedaço de merda. 'Sim, dinheiro de Cash.'

'Me dê o endereço.'

Ele leu para ela.

'Estarei aí em cerca de vinte minutos. Amo você.'

'Sim, também te amo.'

'Ei.'

'O que?'

'Posso morar com você? Tipo em tempo integral, para sempre?'

'Eu não deveria estar perguntando a você?'

'Bem?'

'Porque agora?'

'Estou grávida.'

'Você... que porra é essa?'

'Estou brincando, mas isso não quer dizer que não poderíamos engravidar.'

'Sim, claro, querida.'

'Ótimo. Eu te amo.'

'Você disse isso.'

Ela apertou 'fim' em seu celular.

———

Cash deixou Aimee em Glebe cuidando de Adam e dirigiu até a casa de Peter. As persianas não estavam fechadas. Ele caminhou até a porta da frente, bateu forte quatro vezes. Ele tinha a sensação de que Peter o estava observando no CFTV. Hoje em dia, era configurado facilmente com câmeras minúsculas ou câmeras de campainha. Qualquer idiota poderia fazê-lo. Ele esperou.

Peter abriu a porta novamente vestido com um terno, desta vez preto com uma camisa branca e sapatos pretos sem cadarço. Ele disse, 'Sinto muito se dei a impressão de que não quero ajudar. Achei que tinha me esforçado para ajudá-lo.'

'Posso entrar?'

Peter parecia aflito.

Cash quase o acertou no rosto, mas em vez disso pareceu zangado, dizendo, 'Por favor, não me foda como você fez da última vez. Falei com Angie. Contei a ela o que você tentou fazer comigo.'

'Tudo bem, entre.'

Sentaram-se na sala de estar, um de frente para o outro. Os cinzeiros estavam cheios. Ele ouviu pessoas rindo em algum lugar da casa ou na pequena área pavimentada nos fundos da casa. Cash disse, 'Fale-me sobre drogas e Tanya. A verdade.'

'Ela fumava maconha, usava um pouco de coca de vez em quando... isso é tudo que eu sei.'

'Por que eu encontrei uma agulha misturada nos lençóis dela e mais do lado de fora da janela no canteiro do jardim?'

'Talvez ela tenha conseguido com Paul?'

'Paul, o barman?'

'Como você—'

'Estive lá na noite de quinta-feira, mas você sabe

disso porque conseguiu que seu amiguinho pedisse a um criminoso perigoso que me atacasse.'

'Sim, bem, você estava me ameaçando.'

Cash balançou a cabeça. O cara não tinha nenhuma bússola moral. Ele disse, 'Ela estava transando com Paul?'

'Sim. Eu penso que sim. Quer dizer, não sei. Talvez.'

'Angie sabia?'

'Não.'

'Eles usavam heroína juntos?'

'Eu acho que algumas vezes, sim. Eu não queria fazê-la parecer uma vadia ou algo assim que ela...'

'Ela o quê?'

'Ela estava experimentando sexualmente e outros.'

'Outras drogas que você forneceu a ela?'

'Eu não. Eu não sou um revendedor. Eu me ressinto disso.'

'Quem então?'

'Talvez... er... Blake. Não sei. Talvez Angie soubesse. Como diabos eu deveria saber todas essas coisas? Tudo o que faço é trabalhar duro para esses meninos e meninas, dando-lhes trabalho e fazendo com que se sintam melhor consigo mesmos.'

'As coisas estão fechando em Peter.'

'O que você quis dizer?'

'Quero dizer, seu pequeno show Svengali está ficando um pouco fora de controle. Você e Blake fornecendo meninos e meninas para a Igreja New Light por meio de um maldito criminoso chamado Billy Hassan.'

'Eu... nunca fiz.'

'Você é o intermediário, Peter. Você pega as

garotas e os garotos para Blake, e ele faz o trabalho sujo, mas você sabe o que está acontecendo, cara. Você consegue drogas para todas essas crianças que está me dizendo que está *ajudando*.'

'Tenho que insistir para que você saia.'

'Diga a Blake que estive aqui. Diga a ele que eu sei o que diabos está acontecendo. Eu vi na outra noite, vi os parasitas naquela área VIP dele naquele clube fodido que ele dirige.'

'Ei, ei, escute. Eu não sou um—'

'Um o quê? Um maldito cafetão mesquinho?'

Peter pôs as mãos na cabeça e disse, 'Tudo bem, tudo bem, mas sem polícia, sem polícia. As drogas vêm do amigo de Blake, aquele que você mencionou, mas as meninas e os meninos. Eu não... er. Não sei.'

'Blake paga para você levar esses jovens para a seção VIP? Diser-lhes que há festas e que não têm de fazer nada, basta aparecer; é isso? Nenhuma obrigação, exceto que ele os deixa chapados com bebida, maconha e heroína, e eles cedem e esses homens e mulheres nas festas, eles pagam. De repente, eles têm dinheiro, drogas, novos amigos.'

'Algo parecido. Tenho entrada gratuita, bebidas gratuitas. Algumas centenas para trazer meus protegidos.'

'A polícia perguntou a você sobre isso?'

'Eles não queriam saber, na verdade. Eles não perguntaram muito.'

'Você quer sair de baixo disso? O que pode acontecer quando eu contar ao meu amigo do Ministério Público que porra está acontecendo? Isso mesmo. Eu costumava ser um policial. Estou ligado a pessoas que podem esmagar você e seu amigo.'

Peter levantou-se da cadeira, fechou a porta da

sala de estar e disse, 'Vou cooperar com você, ajudá-lo, se você me tirar dessa.'

'Certo, OK, assim é melhor. Há um repórter que virá para vê-lo. Você entende o que estou dizendo.'

'Um repórter?'

'Sim, não um colunista de fofocas. Um repórter investigativo e ele vai fazer perguntas e você vai contar a verdade.'

'O que eu ganho com isso?'

'Você começa a sentir o alívio requintado que eu não vou bater em você.'

Peter voltou a se sentar. Colocou a cabeça nas mãos novamente. Perguntou, 'E quanto a Angie?'

'Conte ao repórter a verdade sobre tudo o que está acontecendo. Seu lado. Você conheceu Hassan?'

'Não, Blake é bastante protetor, mas sei quem ele é, o que faz.'

'Tire esses jovens de casa. Vou lá fora dar alguns telefonemas, depois volto e todos devem ter ido embora. Nem pense em trancar as venezianas. E você não liga para Blake. O que quer que você faça e pense claramente sobre o seu futuro aqui, *não* ligue para ele.'

'Tudo bem, vou me livrar deles. Não vou ligar para ele.'

———

Cash estava sentado no carro. Começou a chover forte novamente, caindo no telhado. Ele balançou sua cabeça. Telefonou para Steele, disse, 'Olha, eu encontrei um denunciante em toda a coisa de Billy Hassan e Abbott. Trarei Wu aqui em breve para entrevistá-lo, mas você deveria enviar um investigador também. Alguém discreto, alguém novo que não pode ser reconhecido. Você me entende?'

'Quem é esse?'

'Um cara chamado Peter Nicholas, um merdinha que encontra garotas e garotos para agências de modelos por toda a cidade e interestadual, mas também os fornece para o dono de uma boate. O nome do cara é Blake Andrews. Ele os entrega aos hipócritas de Abbott. Embora ele não veja dessa forma, tenho certeza. Você também precisa visitá-lo.'

'Bom trabalho.'

'Eu tive um palpite. Coloquei um pouco de pressão sobre esse cara e ele cedeu como uma porra de uma caixa de papelão. Eu não tenho tempo para ele. Vou deixar seu cara interrogá-lo depois de Wu.'

'Obrigado, Carter, mais uma vez, bom trabalho.'

'Ainda estou procurando essa garota desaparecida. Se o seu investigador conseguir alguma coisa dele sobre Tanya Lever, me avise. Acho que ele não sabe, mas alguém nessa porra sabe.'

Cash voltou para dentro enquanto os jovens saíam. Ele e Peter sentaram-se novamente na sala de estar e ele disse a ele, 'Preciso saber sobre Tanya. O que aconteceu? Onde ela está?'

'Não sei. Eu juro por Deus. Não sei.'

'Tudo bem, o repórter estará aqui em breve. Não se supere bem; você vai sair dessa, embora precise encontrar uma nova linha de trabalho.'

'Obrigado pela preocupação.'

Ainda o espertinho que Cash pensava, mesmo agora, quando ia cair sobre ele com força. Foda-se ele. Ele ligou para Wu, contou-lhe a história.

Wu disse, 'Estarei aí em dez ou quinze minutos. Você vai ficar de olho em Abbott?'

'Preciso de Blake, o dono da boate de quem acabei de falar. Preciso que ele arrume as garotas e os garotos para uma das festas de Hassan para Abbott. Então acho que a Promotoria pode pegar os dois, talvez Abbott também.'

'Vou deixar você saber o que ele me disser.'

'Eu o acalmei. Ele vai contar tudo, eu acho. Tenho mais algumas pessoas para ver nesta coisa.'

CAPÍTULO VINTE E DOIS

C ASH DIRIGIU PELA A VENIDA C ONSETT, passando pelo endereço onde Paul morava. Passou por ele de volta. Parecia uma entrada e uma saída. Ele tinha visto Paul no Fever; ele não parecia muito em termos de problemas, mas quem diria neste mundo louco? Ele estacionou. Subiu um lance de escadas passando por caixas de correio. Paul estava no número quatro, que não tinha nada pendurado para fora na caixa de correio, ao contrário de todas as outras caixas.

Ele caminhou por uma passagem lateral para o número três, voltou pelo lado direito. Numero quatro. Ele respirou fundo, procurou sua arma ainda no coldre, uma espécie de reação nervosa. Algo parecia errado sobre esse cara. As drogas com Tanya. Ele pressionou o dedo contra o pequeno botão preto e ele soou dentro.

Ele esperou atrás da porta de segurança, da qual não gostou. Paul poderia dizer a ele para dar o fora e não haveria nada que ele pudesse fazer a respeito.

A porta se abriu. Paul ficou ali parado, de short de corrida azul e camiseta preta, e perguntou, 'O quê?'

'Meu nome é Carter Thompson, trabalho para o Ministério Público.'

'E daí?'

'Você conhece Tanya Lever.'

Paul não fez nada, exceto fechar a porta.

'Porra.'

Ele tocou a campainha três vezes, uma após a outra.

Esperou.

Eventualmente, depois de mais alguns toques da campainha, Paul abriu a porta novamente. Disse, 'Você não é policial.'

'Eu costumava ser e para você agora é tão bom quanto ser um. Estou conectado. Você quer os policiais aqui, eu posso trazê-los aqui.'

'O que você queria de mim?'

'Eu acho que você sabe a resposta.'

Ele destrancou a porta de segurança com uma chave que já estava na fechadura. Disse, 'Entre.'

Eles ficaram juntos dentro da pequena sala de estar. Cash achava que passava metade de sua vida indo a lugares de pessoas que não conhecia, com pessoas que não o queriam lá porque ele faria perguntas difíceis. Ele perguntou, 'Por que eles disseram para você não falar comigo?'

'Disseram que você estava atrás de Billy Hassan. Aquele cara é como um Deus no Fever, ele vem com sua comitiva e pega o que quiser. Bebidas, drogas, garotas, o que for.'

'De Blake?'

'Sim.'

'Eu costumava ser um policial. Sei como Hassan é perigoso.'

'Então você sabe que não posso mais falar com

você. Ele poderia me espancar, o que quer que seja. Quero dizer, ele é um cara perigoso.'

Cash olhou para Paul. Fora de seu traje da Fever, ele era grande, forte, em forma. Seus bíceps eram enormes; ele estava na escala antiga, cerca de um metro e oitenta. Ele não se assustaria facilmente, mas estava com medo.

'Vamos esquecer Hassan. Ele vai ser cuidado, se não desta vez, noutra.'

'Fácil para você dizer. Eu posso ver essa arma em seu paletó, cara.'

'Tanya. Você sabe onde ela está?'

'Não. E você não parece entender. Hassan e Tanya, companheiro. Ele era obcecado por ela.'

'O que?'

'Agora, você entendeu.'

'Hassan e Tanya?'

'Sim.'

'Ele a conheceu no clube?' Cash perguntou.

'Ela me disse que ele a viu dançando na jaula. Ele ficou maravilhado com ela e pediu a Blake que a trouxesse para a seção VIP. Ela tirou o resto da noite para flertar e beber, socializar com Hassan e sua turma. Ela estava fora de si, foi para casa com ele. Ele ficou obcecado por ela. Isso foi há meses. Ela começou a usar heroína, não coca, merda séria. Ela estava, ah, ela disse que se sentia presa. Queria ficar limpa.'

'Porra.'

'Sim, porra.'

'Mas você sabe onde ela está?'

'Escute-me. Ela não está fugindo apenas da heroína. É Hassan. É o velho dela. É Angie. É Blake e é aquele rato, Peter. Todos eles. Ela não *quer* ser encontrada.'

Cash não tinha vindo aqui esperando isso. Ele estava tentando processar tudo em sua cabeça. Ela não estava morta; ela não foi sequestrada. Ela simplesmente não queria ser encontrada. Quais eram suas obrigações aqui? 'Eu preciso dizer ao pai dela que ela está bem.'

'Então, porra, diga a ele. Ela está bem. Não está usando mais. Ela está feliz.'

'Ela está aqui.'

'Não.'

'Eu preciso saber.'

'Por que diabos você precisa saber?' Ele ficou em pé. 'Eu disse a você, ela está bem. Não está em perigo. Manda o velho dela ir embora, ela não precisa mais dele. Ela encontrou outra pessoa.'

'Você?'

'Sim.'

'Eu posso não encontrá-la agora, talvez não em uma semana, mas em um—'

'Estou pedindo para você deixar para lá. Ela está feliz. Ela teve uma vida de merda na escola. Era intimidada desde o primeiro dia até o fim. Depois da escola também. Ela estava perdida. Ela se encontrou. Descobriu que ela não era feia, pelo menos é uma coisa que aquele babaca, Peter fez por ela. Deu-lhe confiança. Ela não é mais a mesma pessoa. Ela não precisa daquele amor esmagador que seu pai lhe dá e Hassan é perigoso. Não sei o que ele fará. Eu não sou ninguém. Ninguém nem sabia que conversávamos, exceto Annie. Ele não a encontrará. Ele vai esquecê-la. Então vamos partir, vamos embora.'

'Mas você deu drogas à ela.'

'Não, eu não dei. *Peter* a meteu nisso. Angie também. Esses também são grossos como ladrões. Eles são nojentos. Eles farão qualquer coisa pela próxima grande novidade. A próxima pessoa... até algumas semanas ou meses depois.'

'Ei, ei. Peter conseguiu a heroína para ela?'

'Ele dava à ela de graça. Angie também. Angie a queria para si, mas ela não queria isso. Ela estava experimentando, brincando; todos nós fazemos isso. As pessoas simplesmente, sei lá, se apaixonam loucamente por ela. Mas ela me ama.'

'Onde ela está?'

'Eu te disse que ela—'

'Paul, amigo. O pai dela merece saber.'

'Vou pedir para ela ligar para ele.'

'Quando?'

'Mais tarde, depois que você for embora. Vou ligar para ela.'

'Você se importa se eu der uma olhada?'

'Sim, eu fodidamente me importo.' E ele parecia ficar maior diante dos olhos de Cash, mas Cash não estava com medo. Era mais uma indicação de quão longe Paul iria para proteger Tanya. Paul não era sofisticado, talvez fosse isso que Tanya queria, mas talvez ela o estivesse usando antes de fazer uma pausa final em algum lugar. Pegar um avião para nunca mais ser encontrada. Era perigoso também, tudo isso. Hassan era obcecado por ela. Nikolay também não estaria longe.

Cash disse, 'Você não vai me dizer onde ela está?'

'Não.'

'Você está certo, Hassan é perigoso. Posso te ajudar.'

'Não. Ela não quer isso. Vou fazer com que ela chame seu velho, nada mais.'

'Se é assim que você quer jogar, cara, nada que eu

possa fazer. Contânto que você consiga que ela faça aquele telefonema; caso contrário, eu envolvo os policiais. Você me entende?'

'Sim. Entendo. Porra.'

'Você vai me ver de novo, Paul.'

Cash saiu. Entrou no carro. Bateu no painel com o punho algumas vezes. 'Foda-me,' ele disse suavemente, 'pessoas. As coisas que fazemos uns aos outros.'

Peter mentiu novamente, ele pensou, sobre fornecer heroína a ela, mas essa informação vinha de um cara apaixonado por Tanya.

Ele não fez nada. Respirou fundo algumas vezes. Telefonou para James Roach. 'Volte agora, companheiro. Desperdiçando seu tempo aí embaixo.'

'Você ainda me quer no trabalho?'

'Sim, você vai seguir Billy Hassan por aí. Você o conhece?'

'Sim. Pela reputação.'

'Bom homem. Você está à altura, tenho certeza.'

'Sim, chefe.'

'Encontre-me em minha casa em duas horas e meia.'

'Eu estarei lá.'

Ele ia telefonar para Doug Lever, dizer-lhe para esperar um telefonema, mas não podia, não de boa fé. Ele simplesmente não sabia a verdade, ainda. Ele estava perto, porém, tão perto. Ele telefonou para Annie.

'Ei, Cash, você a encontrou?'

'Não. Conte-me tudo sobre Paul. Mamãe e papai, irmãos e irmãs, escola que ele frequentou. Tudo.'

'OK.'

'Espere, ele está no Facebook?'

'Não. Ele não gosta disso. Sem Insta, sem Tik Tok. Tentei encontrá-lo, é assim que sei.'

Tanya escolheu sabiamente, ele pensou. Disse, 'Deixe-me saber.'

Annie contou a ele tudo o que sabia, terminando com, 'Ele tinha um irmão mais novo chamado Jeremy.'

'O que ele faz?'

'Ele é um surfista, snowboarder, esse tipo de coisa. Skates. Tudo isso.'

'Como você sabe?'

'Ele é gostoso. Mais quente do que Paul e ele *está* no Facebook. Vou enviar o link.'

'Obrigado. Se pensar em mais alguma coisa, me avise.'

'Eu vou.'

Cash percorreu a página de Jeremy no Facebook. Annie estava certa. Surf, snowboard, garotas, praias, comendo hambúrgueres, rindo, feliz. Uma foto o mostrava em Terrigal. Na praia da frente sob algumas árvores, com uma garota. 'Porra.' ele pensou, 'é Tanya.' Ele tirou uma captura de tela para ter certeza. Enviou para Annie. A foto tinha cerca de dez dias. Viva. Sentada quieta, sem rir. Ela tinha uma mão no ombro de Jeremy. Ela confiava nele, talvez? Mas ela parecia pálida. Seu cabelo era castanho claro. Ela usava calças Adidas, uma camiseta preta e um chapéu bucket preto na cabeça. Ainda era o que ele pensava, ela está muito quieta.

Annie ligou para ele alguns minutos depois, enquanto ele ainda olhava para a foto. Ele disse, 'É ela, sim?'

'Sim, é ela,' disse ela, com uma pequena alegria em sua voz. 'Eu não posso acreditar nisso.'

'Você sabia que um cara chamado Billy Hassan gostava dela, talvez estivesse apaixonado por ela?'

'Eu fiz uma promessa a ela de não falar sobre isso, nunca. Ela estava assustada.'

'Mesmo depois que eu disse que estava procurando por ela.'

'Eu vi Billy Hassan no clube não faz muito tempo. Ela não estava com ele. Oh, essa é uma resposta idiota. Me desculpe, mas eu fiz uma promessa. Essa era a coisa com Tanya—ela ficava dizendo que todo mundo a decepcionava ou queria um pedaço dela.'

'Mas só no ano passado, antes disso ela não era nada.'

'Sim, é verdade.'

'Você pode ligar para Paul? Diga a ele que você viu a foto no Facebook. Você quer falar com ela, qualquer coisa, diga qualquer coisa, mas seja legal, não fique louca. Ela é sua melhor amiga. Basta dizer que ela é sua melhor amiga.'

'Sim, farei isso agora.'

'Me telefone. Eu irei até ela. Onde quer que ela esteja. Eu irei.'

Ele checou a página do Facebook novamente. Sem mais fotos. A que ele tinha visto era um erro. Não era a melhor foto dela. A maioria das pessoas teria se movido por ela, mas Cash estava vasculhando cada centímetro de cada quadro.

———

Adam enfiou a agulha na dobra do braço de Gina. Ela se deitou rapidamente, lutou contra a vontade de vomitar que veio rapidamente, então se deitou novamente. Uma onda de céu surgindo através dela. Ela sorriu e disse a Adam, 'Sua vez, querido.'

'Sim, eu tenho que telefonar para o velho e minha irmã. Ambos estiveram no meu caso. Vou descer e fazer isso agora.'

Gina voltou a se deitar. Adam sabia o que estava fazendo. Ele havia dado a ela uma dose bastante grande, maior do que o normal. Quando ele voltou para cima, ela estava dormindo. Pegou as chaves do carro, vestiu uma jaqueta marrom sobre a camisa de flanela azul e preta. Desceu as escadas novamente, pelo corredor e saiu para o velho Humber. Deu a partida e decolou lentamente.

Aimee esperou até que ele estivesse cinquenta metros à frente e então arrancou, seguindo-o, dois carros entre eles. Adam nunca a conheceu, não conhecia o carro; além disso, ele estava em uma missão para ver Hathai. Ele não estava verificando seu retrovisor para ver se havia pessoas o seguindo.

Ele dirigiu pela Broadway, virou à direita na Eddy, sob a ponte, à esquerda na Oxford, onde virou à direita. Aimee estava sorrindo. Era tudo um jogo para ela. Ele continuou e acabou do lado de fora da casa de Hathai. Aimee estacionou provavelmente a cinquenta metros do Humber. Ela o observou entrar em casa e telefonou para Cash.

'Olá bebê.'

'Oi Cash, eu o segui. Ele está em uma casa na Rua Nimrod, em Darlinghurst.'

'Alguém com ele?'

'Não.'

'Certo, eu não sei quem é, mas tenha cuidado. Se você tiver a menor ideia de que ele sabe, vá embora, dirija direto para minha casa. Não pare em nenhum lugar no caminho para casa; vá direto para minha casa. Entendeu?'

'Sim, entendi.'

'Baby, não, isso é sério. Existem jogadores sérios envolvidos nisso.'

'Sim, desculpe-me. Entendo.'

Isso só tornava as coisas mais emocionantes para Aimee, mas ela sabia que devia confiar em Cash. Ela iria direto para casa. Algo atingiu a traseira do carro dela. Isso a fez pular. Ela se virou, mas não viu um carro, não viu nada. Virou-se e viu um homem parado na frente do carro dela. Ele estava vestindo um terno preto, com uma camiseta preta. Ele tinha tatuagens nas mãos. O paletó estava enrolado até os cotovelos e também havia tatuagens nos antebraços. Ela não fez nada. Sentou-se lá, olhando para ele.

Ele balançou o dedo da mão direita para ela e sorriu. Caminhou para o lado do motorista de seu carro. Ela estava suando agora. Parecia perigoso. Ele bateu na janela lateral. Ela girou a ignição na chave, ele deu um passo para trás, sorriu para ela novamente. Fez sinal para que ela abrisse a janela. Ela não sabia o que fazer.

Ele caminhou de volta para a frente do carro. Ela olhou para ele. Ele passou o dedo pela garganta enquanto sorria para ela. Ela não poderia ir embora com ele lá. Ele voltou à janela lateral e ela acelerou o mais rápido possível, continuou dirigindo, sem olhar para trás.

Nikolay sorriu, notou o amassado no pequeno hatchback vermelho. Afastou-se, de volta ao clube de strip onde se encontraria com Hassan.

———

Wu terminou de entrevistar Peter. Ele tinha uma história. Ele só tinha que confirmar alguns fatos. O novo investigador do escritório de Steele havia chegado e disse a Peter que o estava levando sob custódia protetora.

'Você não está me colocando em uma cela,' ele gritou.

'Não,' disse o investigador, 'ainda não.'

'Mas Carter Thompson disse que eu—'

'Está tudo bem, Senhor Nicholas. Uma piada. Você será bem cuidado.'

Wu recebeu um telefonema de Cash.

'Vou pedir a um dos meus homens que siga Billy Hassan. Você só precisa ter alguém no Abbott. Eu faria isso 24 horas por dia, sete dias por semana, se fosse você. Acho que a promotoria também vai atrás dele.'

'Obrigado, Cash. Parece semelhante à última vez que nos envolvemos com Abbott, só que desta vez ele está cobrindo seus rastros muito melhor. Hassan faria o mesmo.'

'Ouça, companheiro. Tenho outro caso em andamento, mas farei o que for preciso para pegá-los.'

'Obrigado pelo aviso novamente.'

'Sem problemas.'

———

Annie ligou de volta enquanto ele ainda estava sentado no carro.

'Jeremy e seus companheiros alugaram um pequeno estúdio, como um apartamento de solteiro em Gosford. É como um apartamento de vovó em uma propriedade lá. Aparentemente, o proprietário quase nunca está lá, o que significa muita música alta e festas, mas é inverno e, quando perguntei a Paul, ele disse que não havia ninguém lá agora, exceto Tanya. Ela está sozinha lá há cerca de uma semana. Ele disse que vai me levar para vê-la em alguns dias.'

'Você tem o endereço?'

'Sim.' Ela leu em voz alta.

'Vou sair em cerca de duas horas. Chegar lá depois de escurecer, eu acho. Você não tem o telefone dela, tem?'

'Não.'

'Quando Paul disse que falou com ela pela última vez?'

'Ele disse que ligou há cerca de uma semana. Ela insiste em ser deixada em paz até que ele a veja. Sem chamadas. Ela está paranoica, acha que pode ser Hassan ou Angie.'

'Ou o pai dela ou Peter.'

'Sim, eu não sabia que ela estava tão prejudicada.'

'Passando de ser intimidada todos os dias para uma espécie de celebridade local, todo mundo querendo um pedaço de você. Eu... eu não sei. Mas drogas, eu—'

'Por favor, vá lá, verifique ela, por favor.'

'Como eu disse, estou a caminho em breve'

'Obrigada.'

Aimee saiu do carro, entrou na casa de Cash em Erskineville e sentou-se na cozinha. Perguntou-se quem era o homem. Mau era o que ela sabia que ele era. Ela pegou o celular para telefonar para Cash quando ouviu batidas na porta da frente. Ela agradeceu que eles tivessem um olho mágico, viu que era James Roach e abriu a porta.

'Carter me disse para esperar por ele aqui.'

'Entre, entre.'

Havia dois tipos de pessoas no mundo, ela pensou, aquelas que diziam Cash e aquelas que preferiam Carter. Ela gostava mais do pessoal da Carter. 'Você quer um café, James?'

'Sim, poderia tomar um, obrigado.'

'Como foi sua viagem?'

'Não a encontrei. Algumas pistas, mas secaram. Acho que Cash a encontrou, mas quer que eu siga um cara.'

'Quem? Que cara?'

'Billy Hassan, você conhece—'

'Eu sei quem ele é.'

'Eu também. Cara perigoso.'

'Mantenha seu juízo sobre você, James.'

'Eu vou.'

Cash abriu a porta da frente e caminhou rapidamente pelo corredor até a cozinha. Disse, 'Olá, querida. Olá Jim. Preciso me mover rapidamente, então este será um resumo rápido. Você sabe quem é Hassan, mas achamos que ele está providenciando garotas e garotos para festas organizadas pela Igreja New Light. Festas particulares. Não acho que haja nenhuma merda de menor de idade acontecendo, mas pode haver.'

'O que você quer que eu procure especificamente?'

'Se ele frequenta prédios de apartamentos ou casas em vez de clubes de strip-tease ou lojas de kebab ou seja lá o que for que ele possua... está me entendendo, Jim?'

'Eu te telefono se ele for a esses outros lugares?'

'Não, observe e espere. Observe e espere.'

'Para que?'

'Grupos de pessoas mais jovens, rapazes ou moças. Eles estão sendo fornecidos para essas festas. O cara que é dono da boate Fever. Pode ser possível colocá-lo na prostituição ilegal. Ou, se forem jovens, fornecendo menores para sexo.'

'Um pouco magro, chefe.'

'Talvez. Precisamos de garotas ou garotos para falar. Pode ser difícil, mas vamos cortá-los, pelo menos por um tempo. Estamos tentando estabelecer uma conexão entre Abbott e Hassan.'

'Onde está Hassan agora?'

'Ele está no Razor Club, seu clube de strip-tease na Estrada Darlinghurst.'

'Eu irei agora.'

'Você ainda tem o carro alugado?'

'Sim, disseram que posso deixá-lo em outra locadora em Bondi Junction quando terminar.'

'Cuidado Jim, esse cara é perigoso.'

'Eu terei. Posso perder o café e tentar pegar um no caminho.'

'Eu abro a porta para você, James.'

Ele caminhou pelo corredor, seguido por Aimee, que o deixou sair e voltou. Ela contou a Cash a história do cara olhando o carro. Cash soube imediatamente que era Nikolay e disse, 'Você fez a coisa certa ao ir embora. Aquele cara é perigoso.'

'Foi ele quem machucou você na outra noite?'

'Sim.'

'E agora?'

'Eu encontrei a garota. Estou dirigindo para Gosford agora.'

'Não quero ficar aqui sozinha.'

'Vá para a casa da sua mãe. Ele não sabe onde eu moro. Onde nós moramos.'

'Nós, sim. Vou me mudar nos próximos dias. Só preciso avisar com duas semanas de antecedência no antigo local.'

'Ótimo, como um novo capítulo ou algo assim.'

'Ou algo assim, Cash,' disse ela e beijou-o nos lábios, na lateral do rosto, em cada olho, na têmpora, disse, 'Eu te amo.'

'Eu também.'

'Tenha cuidado por favor.'

'Certo, eu tenho que ir.'

No carro na frente, Paul ligou para ele. Disse, 'Annie me disse, ela me disse que você vai buscá-la.'

'Eu não vou buscá-la. Vou me certificar de que ela está bem. Não ligue para ela, Paul. Não a assuste.

Quero ter certeza de que ela está bem. Se ela quiser ir embora, mudar de identidade. Posso ajudá-la.'

'Tudo bem, tudo bem, mas ela é frágil, cara. Tenha cuidado com ela.'

'Eu terei, eu terei. Confie em mim.'

'OK cara, mas por favor—'

'Entendo. Entendo.'

Cash ligou o carro. Tirou um CD do porta-luvas. Ele mantinha o velho CD player para essas ocasiões. Empurrou na fenda, Milt Jackson e Thelonious Monk Quintet. Ele saiu para a pequena rua, ouviu a música começar e esperou por um bom final para isso.

CAPÍTULO VINTE E QUATRO

Billy Hassan ficou atrás da mesa em seu escritório e disse a Nikolay, 'Você já encontrou Tanya?'

'Não.'

'Você está sorrindo.'

'Encontrei esse Carter Thompson, a namorada dele, acho. Estou com o carro dela.'

'Como isso aconteceu?'

'Eu estava indo ver Adam, obter uma atualização sobre seu negócio pessoalmente. Eu o vejo sair, mas espere. Eu tenho uma sensação. Então vejo um carro sair quase imediatamente com uma garota dentro. Pequeno carro vermelho. Eu sigo os dois. Ela segue Adam até a casa de Hathai. Dou-lhe um pequeno susto. Ela se caga e vai embora. Tenho a placa. Aqui.' Ele jogou um pedaço de papel sobre a mesa. 'Eu sei que você tem conexões para encontrar o endereço.'

'Isso é bom, mas lembre-se de que ele é um ex-policial... a mesma coisa que policial. Você não mata um policial. Não sem um grande—não, um *enorme* motivo imparável.'

'Isso é o que eu te disse antes.'

'Eu escutei. Agora, Hathai e os jovens traficantes. O que está acontecendo?'

'Devagar, eu acho, mas ele está na casa de Hathai agora.'

'Você ainda está com ela?'

'Sim e não. Ligado e desligado.'

'Há outra festa para a New Light hoje à noite. Blake está organizando algumas modelos e assim por diante. Eu tenho coca e maconha para ele levar, não as coisas dele, minha própria erva especial e coca de qualidade. Você pode entregá-las a ele?'

'Sim. Quando?'

'Agora. Eu as tenho no cofre.'

Ele caminhou até o cofre, destrancou-o e tirou saquinhos de maconha e coca, colocando-os em uma pequena mochila e entregando a Nikolay.

'Obrigado, vou levar agora.'

'Qualquer problema com qualquer coisa, direto para mim, mais ninguém, sempre direto para mim.'

'Eu sei.'

'Bom.'

Nikolay pegou a bolsa e saiu.

———

Adam e Hathai estavam na cozinha. Ela estava contando a ele uma história sobre vir para a Austrália com seu tio quando ela era adolescente. Ela estava usando jeans baggy largos e um blusão azul-celeste. Ele podia ver seus seios se movendo por baixo e não conseguia parar de olhar, hipnotizado por eles, por ela.

'Ele era dos Estados Unidos. Ele havia deixado a Tailândia muitos anos antes e trabalhava na América.

Mas ele teve problemas e foi para a cadeia. Foi aqui que ele conheceu Nikolay, que lhe contou seus planos de vir para a Austrália no porão de um navio. Ele arranjou uma coisa semelhante para meu tio e eu de Cingapura. Tivemos que pegar um voo de Bangkok para Cingapura. Ele tinha um passaporte falso. Depois disso, chegamos à Austrália de navio e chegamos a Fremantle. Um homem nos levou pelo país até Sydney. Meu tio trouxe drogas de alta qualidade com ele. Conheci Nikolay quando tinha quatorze anos. Meu tio foi morto pouco tempo depois. Nikolay pagou minhas taxas escolares e custos de vida até que eu completasse dezesseis anos e pudesse deixar a escola legalmente. Ele tem cuidado de mim desde então, como um novo tio, só que às vezes a gente esquece e faz amor.'

'Você e Nikolay?'

'Sim,'

'Você tem negociado para ele desde então?'

'Sim, mas já fiz outras coisas, como trabalhar em uma loja de roupas em Surrey Hills. Era para roupas femininas caras. Fiz muitos contatos lá. Eu tinha um talento especial para encontrar aqueles que gostam de ficar chapados. Como você, você gosta de ficar chapado.'

'E você?'

'Não bebo álcool, mas fumo maconha, muito ocasionalmente. Eu posso ter um pouco de H. Mas não com frequência e eu só fumo.'

'Eu tenho que pegar bastante hoje. Tenho boas encomendas de amigos e de outros também. Acho que a notícia está se espalhando.'

'Você quer ficar chapado primeiro?'

'Hum, sim, OK.'

'Venha para o quarto comigo,' disse ela e pegou a mão dele.

Ele a seguiu como um cachorrinho obediente, ela o guiando com a mão dele na dela. Eles foram para o quarto e ela o levou até a cama, dizendo, 'Sente-se.'

Ele sentou.

Ela parou na frente dele e perguntou, 'Você está nervoso?'

'Um pouco.'

'Você sabe o que eu vou fazer?'

'Não, eu...'

Ela tirou o blusão e ele olhou para seus seios pequenos e perfeitamente formados. 'Você gosta de mim?'

'Uh, sim, sim. Você é linda.'

'Bom, que bom,' disse ela, caminhando na cama até ele.

Ele colocou as mãos na cintura dela. Ele não conseguia superar o quão perfeita ela era.

Ela se inclinou e beijou-o na testa, nos lábios, nas bochechas, disse, 'Você também é lindo. Homem de barba desgrenhada.'

Ela tirou o cinto e sorriu para ele. Seu jeans caiu no chão. Ela não estava usando nenhuma calcinha.

Adam soltou um pequeno suspiro, então se sentiu tonto, confuso. Ela tinha um pau. Seu pênis estava semiereto. Ele olhou para ela, para aquilo. Ela sorriu para ele e disse, 'Você ainda gosta de mim? Ainda me acha bonita?'

Ele balançou a cabeça e disse, 'Sim, sim. Eu...'

Hathai segurou a cabeça dele com as mãos, beijou-o e soltou-o, subiu na cama, deitou-se de lado, o pênis totalmente ereto agora. 'Vamos. Tire a roupa, agora.'

Depois disso, Adam se sentiu estranho. Ele gostou, mas uau... quem se importava, ele pensou? Ela era escandalosamente linda e incrível; o sexo foi incrível.

Ela disse, 'Não conte a Nikolay o que fizemos hoje. Ele pode ser explosivo, violento demais para mim. Não aguento quando ele fica assim, mas para ele é apenas mais uma parte da vida, nada demais.'

Adam ficou com medo. Nikolay era legal, mas assustadoramente legal. Ele pensou em suas histórias, no corpo forte sob as roupas chamativas, nas tatuagens da prisão. Adam era um bebê comparado a ele. Ele disse a ela, 'Tenho uma lista nas calças do que preciso.'

'Pegue.'

Ele saiu da cama, vestiu a calça jeans e procurou a lista no bolso da frente. Ele entregou a ela, observou-a ler e perguntou, 'Você tem tudo isso?'

'Sim.'

'Podemos fazer isso agora?'

'Sim, claro. Onde está sua namorada? Talvez ela possa se juntar a nós na próxima vez?'

'Nós três?'

'Por que não?'

Ele não conseguia pensar em nenhuma razão para não fazê-lo. O pensamento disso o deixou duro novamente. Ela era selvagem essa garota. Ele olhou para ela, ela disse novamente, 'Claro, por que não? Aposto que ela é linda. Eu sei que ela é. Nikolay me disse isso.'

'Sim, ela é.'

'Você quer voltar para a cama?'

Ele fez. Ele tirou a calça jeans novamente e voltou para a cama com ela.

CAPÍTULO VINTE E CINCO

Carter Thompson deixou a cidade para trás, dirigiu rápido pela estrada para Gosford. Ele estava a cerca de meia hora quando sentiu o carro desviar para a esquerda, quase batendo na lateral da rodovia. Ele diminuiu a velocidade suavemente, parou na faixa de segurança. Saiu do carro. Ele tinha um pneu furado, deu de ombros, abriu o porta-malas, tirou o estepe, só que também estava vazio. Ele não sabia se era um furo ou apenas vazio. Ele não conseguia se lembrar da última vez que isso aconteceu. Talvez tenha sido Aimee e ela se esqueceu de contar a ele. Ela teria chamado a assistência na estrada e provavelmente esquecido. Foi o que ele fez agora. Telefonou para eles e disseram que levaria cerca de uma hora. Pelo menos não estava chovendo. Como Tanya estaria? Ela parecia pensativa na foto com o irmão de Paul.

Ele telefonou para James Roach e disse, 'O que está acontecendo?'

'Aquele cara de quem você me falou, Nikolay. Ele entrou e estou esperando para ver o que acontece.'

'Ouça, mudança de plano. Esqueça Hassan. Siga Nikolay. Cole nele como moscas na merda, certo?'

'Certo, chefe. Algo mais?'

'Tome cuidado. Ele é perigoso.'

O cara da assistência na estrada chegou. Cash disse a ele para trazer um novo pneu sobressalente. O cara trocou em poucos minutos. Ele agradeceu ao cara, voltou para o carro. Começou a chover forte imediatamente. Ele dirigiu mais rápido do que o limite de velocidade. Tudo o que ele queria fazer era chegar lá, certificar-se de que ela estava bem. Depois disso, ele não sabia. Ele estava sendo pago pelo pai dela. Ele só tinha a palavra de Paul de que ele era um pouco louco. Embora ele tenha agido de forma estranha ao telefone quando Cash mencionou que Angie era sua namorada. Angie também disse algo, mas nunca o conheceu.

Ele estacionou rapidamente, colocou o celular no Google Maps, digitou o endereço. Seguiu as instruções. Era em um subúrbio de Gosford. Principalmente casas com quintal na frente e nos fundos. Painéis de estilo antigo e casas de tijolos maciços provavelmente dos anos 70. Ele encontrou a casa, mas ela supostamente estava na unidade de solteiro no quintal. Ele tocou a campainha da casa. Esperou. Tocou mais três vezes. Esperou. Nada. Como Annie disse, o dono não estava em casa.

Desceu a lateral da casa, abriu um portão lateral, entrou por ele, passou por umas laranjeiras e entrou no quintal. A unidade de solteiro ficava no fundo do quintal em uma encosta levemente gramada. Ele caminhou até ela, bateu, nada. Bateu de novo e ouvi uma voz masculina dizer, 'Desculpe cara, não preciso de nada.'

Bateu de novo. Nada.

Ele olhou por uma janela lateral. Ele viu um cara

grande com cabelos longos e desgrenhados sentado em um sofá de feltro marrom surrado que tinha um pouco do enchimento derramando na frente dele, devido ao peso do cara. Cash bateu na janela o mais alto que pôde.

O cara olhou para ele e mostrou-lhe o dedo. Cash bateu com força no vidro com uma moeda que tirou do bolso. O cara mostrou-lhe o dedo novamente. Cash olhou em volta, verificou o canteiro no perímetro da grama, pegou uma pedra, chegou a três passos da janela e jogou a pedra através dela, quebrando o vidro na pia da cozinha abaixo.

O grandalhão olhou para ele, levantou-se, foi até a porta da frente. Cash deu a volta quando o cara abriu a porta. O cara perguntou, 'E agora, merda?'

'Onde ela está?'

'Quem?'

'Tanya, onde ela está?'

'Foi embora, cara. Você está muito atrasado.'

O cara ocupava a maior parte do espaço na porta. Cash deu um passo à frente rapidamente, deu-lhe um soco na garganta, depois chutou sua barriga gorda, e o homem cambaleou para trás, segurando sua garganta. Cash o atingiu na testa e deu uma esquerda na lateral da cabeça.

O grandalhão caiu de cócoras e Cash perguntou novamente, 'Onde ela está?'

'Foda-se,' disse o homem, avançando sobre Cash e agarrando-o pela cintura, agarrando-se à força, arrastando-o para o chão.

Cash tentou se libertar. O grandalhão era forte, mas fraquejava por causa da dor na garganta e na têmpora. Cash conseguiu acertá-lo na lateral da cabeça duas vezes com golpes curtos e afiados. O cara soltou. Cash se desvencilhou, ergueu-se e chutou o cara duas vezes na cabeça novamente. Em seguida, começou em seus rins com dois socos rápidos. Mais uma vez, ele perguntou, 'Onde ela está?'

'Foi, foi,' o homem bufou, mal conseguindo pronunciar as palavras.

'Onde? Como?' Mais uma vez, ele atingiu o homem nos rins.

'Dirigindo para o norte.'

'Carro?'

Mais uma vez, ele o atingiu nos rins; ele queria a resposta *certa*.

'Camira, Camira marrom.'

'Há quanto tempo?'

'Trinta, quarenta minutos.'

'Indo para o norte pela rodovia?'

'Sim.'

Cash saiu pela porta, deixando o grandalhão magoado e arrependido. Sabia que ligaria para Paul, mas era tarde demais. Ele a tinha agora. Seu carro iria alcançá-la em algum momento. Ela estaria cumprindo o limite de velocidade, tentando não chamar a atenção. Ele, porém, não estaria respeitando o limite de velocidade.

Ele ligou para Paul, que atendeu rapidamente. Cash disse, 'Você disse a ela que eu estava vindo.'

'Não... eu não fiz isso, juro.'

'Besteira. Vocês, todos vocês, ninguém realmente ajudando ela, não que eu possa ver. Você tem sorte de eu não ir lá e—'

Paul encerrou o telefonema. Cash telefonou para Doug Lever.

'Carter, quais são as novidades?'

'Ela está viva. Num carro cerca de meia hora à minha frente. Estou saindo agora para pegá-la.'

'Você a viu?'

'Não, mas eu tenho uma identificação positiva. Coagida, por assim dizer.'

'Você tem certeza?'

'Tenho certeza. Ouça, quando eu pegá-la, farei com que ela telefone para você. Meu conselho seria pegar leve com—'

'Eu sei o que dizer a ela. Obrigado pela ajuda. Por favor, diga-me assim que a pegar.'

'Você sabe que sim,' disse Cash. Encerrou a chamada.

Ele chegou ao carro rapidamente, pensou em ligar para Steele, pedir outro favor, fazer com que os policiais tentassem encontrá-la, detê-la. Mas ele não o fez. Ele a pegaria desta vez.

———

James Roach observou Nikolay caminhar ao longo dos oitocentos metros sujos em direção a Darlinghurst. Ele estava a cerca de quinze metros atrás dele. Nikolay estava vestindo o terno preto que usava quando ficou na frente do carro de Aimee tentando assustá-la e conseguindo.

Ele entregaria as drogas de Hassan, mas primeiro teria que lidar com Adam. Ele o apresentou a Hathai, meio que sabia que ele iria se apaixonar por ela. Mas ele veio aqui rapidamente, deixando Gina em casa. Ele provavelmente estava na cama com Hathai agora. Ele se perguntou o que pensaria sobre a surpresa de Hathai. Sorriu para si mesmo. Ele estava com raiva, mas sabia que não deveria estar. Ele a trouxe para

Sydney, cuidou dela. Ela estava grata a ele. Afetuosa com ele, mas ela não o amava. Ela amaria Adam? Adam poderia viver ou estar apaixonado por uma garota trans? O que seus amigos presunçosos pensariam? Não, Adam estava fazendo merda, pensou Nikolay, e estava ficando cada vez mais furioso.

Garoto universitário espertinho, na casa compartilhada com todo o pessoal da universidade. Olhando para Nikolay como um animal em um zoológico. Ele caminhou, seu núcleo envolvido. Punhos cerrados. James o seguiu. O cara parecia perigoso, tinha dado uma surra no chefe, e Steele sempre falava sobre Carter Thompson e como ele era durão.

———

Cash fixou-se em 120 km quando o limite de velocidade era de 100 km por hora. Ele olhou para as estalagens, procurando pelo Camira marrom. Ele tinha vindo quase 100 km ao norte agora, mas nenhum sinal dela. Ele a pegaria logo. Ele sabia que o grande homem havia dito a verdade. Ele sabia o quanto um soco na garganta doía e aqueles socos nos rins teriam sido uma agonia. Ele dirigiu enquanto o dia entrava na noite. Seria mais difícil encontrá-la, mas havia apenas uma rodovia principal ao norte—e então ele viu o carro em uma parada de caminhões da BP.

Ele diminuiu a velocidade, fez o retorno, estacionou ao lado do Camira. Olhou para trás. Havia roupas espalhadas por todo o banco de trás. Ela estaria dentro ou no banheiro. Seu coração estava batendo forte. Ele a encontrou em um período de tempo relativamente curto, ele pensou, mas ele passou por muita coisa. O tiroteio e depois a morte de seu primo, Mick. Algumas surras feitas a ele. Muitas conversas com aqueles que ele pensava agora serem pessoas horríveis, todos eles, até mesmo Lever, seu próprio erro estúpido com Angie. Aquela névoa vermelha de paixão que o fodia de vez em quando. Aimee estava se mudando agora. Ele seria um grande parceiro para ela para sempre agora. Ela queria um bebê, ao que parecia. Talvez ele pensou, talvez se tivesse uma linha de trabalho diferente. Ele tinha que consertar isso com sua própria filha.

Ele entrou na lanchonete. Olhou em volta lentamente, dos bancos ao longo do balcão até as cabines. Ele não viu ninguém que pudesse ser Tanya. Uma garçonete veio; pediu um café com leite, forte, três doses. Um hambúrguer com tudo e batatas fritas e salada ao lado. Ele esperou, procurando por ela. Então ele a viu do lado de fora, na porta traseira do carro. Ela estava usando um top branco de gaze, jeans velhos com buracos na bunda. Sandálias nos pés. Estava frio, mas ela estava vestida para o verão. Ele queria sair correndo, mas não o fez. Ela poderia correr, ser atropelada por um carro, um caminhão, cair, qualquer coisa.

Ele esperou.

Ela conseguiu o que procurava no banco de trás. Um velho suéter azul que ela vestiu. Ela se virou e fechou a porta do carro. O jeans também tinha buracos nos joelhos, que podem ter sido projetados dessa forma. Ele balançou sua cabeça. Seu cabelo castanho claro estava despenteado, sendo soprado pelo vento. Ela entrou na lanchonete, olhou em volta, não viu nenhuma ameaça e entrou mais adiante, procurando um lugar para sentar. Ele disse o nome dela suavemente enquanto ela estacionava ao lado de sua cabine. 'Tanya.'

Ela olhou para ele, fitou-o nos olhos e perguntou, 'Eu te conheço?'

'Sou amigo do seu pai.'

'Oh.'

'Ele está preocupado com você.'

'Ele contratou você?' Ela parecia arisca agora, olhando em volta em todos os lugares.

'Sou só eu, sem amigos, sem polícia.' Ele acrescentou, 'Sem Hassan, sem Peter.'

Ela se sentou no banco oposto a ele na cabine e disse, 'Estou muito cansada.'

'Você não precisa mais correr.'

Ela soltou um grande suspiro e disse, 'Faz apenas algumas semanas, mas estou exausta. Achei que conseguiria um pouco de paz, mas todo mundo que conheço quer alguma coisa.'

'Entendo.'

'O que você quer, senhor? Qual o seu nome?'

'Seu pai me contratou para encontrá-la. Sou um investigador particular. Meu nome é Carter Thompson.'

'Você é indígena, não é?' Ela disse isso com um sorriso.

'Sim.'

'Como você conseguiu que Antony lhe dissesse para onde eu estava indo?'

'Ele está um pouco dolorido e arrependido no momento.'

'Oh, certo.'

Ela parecia estar em uma espécie de transe, ou

drogada com maconha, talvez heroína. 'Quem diabos sabe?' ele pensou.

'Você vai me levar de volta para Sydney?'

'Talvez. Que tal você pedir o que quiser e depois de comer podemos conversar, tentar pensar em algo sobre o que você gostaria de fazer?'

'Estou morrendo de fome.'

Cash acenou para a garçonete, que se aproximou.

Tanya perguntou a ele, 'O que você pediu?'

'Hambúrguer com tudo.'

'Eu também,' ela disse à garçonete, 'e café, forte com leite.'

Cash sorriu para ela. Ela olhou além dele como se ele não estivesse lá.

CAPÍTULO VINTE E SEIS

Nikolay virou na Rua Nimrod. James Roach se conteve; não havia muitas pessoas por perto. Estava escuro, mas ele podia ver Nikolay muito bem. Ele o seguiu pela Nimrod do mesmo lado que ele. Ele provavelmente não se viraria a menos que o ouvisse, mas se estivesse do outro lado da rua, poderia vê-lo de relance.

Nikolay parou em um pequeno local de tábuas de madeira, abriu o portão, caminhou até a porta e bateu duas vezes, depois mais duas vezes, depois mais uma vez.

Lá dentro, Hathai disse, 'Esse é Nikolay. É a batida dele, então sempre sei que devo atender.'

'Foda-se,' disse Adam, 'o que será, hum... merda.'

'Está tudo bem. Ele não é meu dono. Vista-se no segundo quarto. Vou esperar alguns instantes, depois abro a porta da frente, levo-o para a cozinha e você sai.'

Ela agarrou suas roupas e as vestiu rapidamente enquanto Adam corria para o segundo quarto.

Nikolay se virou, viu James Roach descendo a rua

lentamente, virou-se novamente. Outro Abo, ele pensou. 'Coincidência demais para mim,' concluiu.

Hathai abriu a porta. Ele entrou e colocou a mão na boca dela, disse, 'Fique quieta agora. Deixe-me olhar pela janela do salão.'

Ele correu para dentro e observou por trás das cortinas que davam para a rua, mas não para dentro. Ele observou o jovem atarracado passar pela casa, olhar discretamente para a esquerda, para dentro, e continuar andando. Nikolay o viu parar, atravessar a rua, voltar para o outro lado.

Ele saiu correndo de casa, correu direto para o outro lado da rua e atingiu James por trás na omoplata com um punho forte para baixo. James caiu de joelhos, Nikolay o atingiu no lado da cabeça, empurrou-o para a calçada e, segurando seu pescoço, perguntou, 'Quem é você, Abo? Homem sujo? Quem é você?'

'Ninguém. Eu não sou ninguém.'

'Você policial? Amigo do Senhor Carter, eu acho.'

Nikolay o atingiu nas costelas. James sentiu como se estivessem quebradas, o soco foi tão feroz. Ele mal conseguia se mexer; Nikolay agora tinha os joelhos nas costas. 'Eu acho que você está em apuros agora, a menos que você me diga onde Carter está? O que ele está fazendo?'

Gina parou do lado de fora da casa de Hathai em um velho Toyota que ela pegou emprestado de um amigo na casa compartilhada. Ela ainda estava fora de si por causa da injeção que Adam lhe dera, mas com raiva por ele tê-la deixado sozinha para vir aqui. Ela saiu do carro, viu Nikolay em cima de um cara, um cara moreno, segurando ele. Ela olhou para a casa onde tinha visto Adam entrar para marcar com Nikolay. Havia uma garota, uma garota linda em jeans largos e uma camiseta ali. Ela era linda, mas parecia assustada, ou talvez incomodada. Ela estava observando Nikolay, então balançou a cabeça e voltou para dentro, deixando a porta aberta.

Nikolay colocou uma grande pata na nuca de James, empurrando seu rosto ainda mais para o chão. Gina, fora de si, não sabia o que fazer. Ela viu a porta da casa aberta, sabia por suas histórias do que Nikolay era capaz. Fora de sua cabeça, ela escolheu a opção mais fácil e atravessou o portão aberto até a casa.

Ele disse a James, 'Onde está seu amigo, Carter?' Então ele levantou o joelho ligeiramente para obter um melhor equilíbrio.

James libertou o braço direito, estendeu a mão para baixo da perna, puxou ligeiramente a calça jeans preta enquanto Nikolay ainda o pressionava, e sacou a lâmina que guardava em um coldre, enfiou-a na coxa direita de Nikolay que, chocado, não gritou, mas congelou.

James, forte como um touro, jogou-o para longe e se levantou. Nikolay, o lutador de rua, levantou-se rapidamente, ignorando a dor na coxa. James segurou a faca na frente dele, firme em seus pés. Nikolay veio até ele, fez uma espécie de chute de três pontos, como algo saído do MMA, e acertou James na lateral da cabeça enquanto ele gritava de dor por causa do corte na coxa. Ele lançou uma saraivada de socos em James que, com treinamento em artes marciais, bloqueou e devolveu os golpes na mesma moeda. Mas Nikolay continuou avançando, continuou vindo até ele, James pensando, 'Esse cara de merda.'

Nikolay deu um soco no antebraço da mão que segurava a faca. James deixou cair. Então Nikolay o chutou no lado, seguido por uma rajada de socos em cada lado de sua cabeça, disse, 'Agora, boceta.'

Mas James recuou rapidamente, ficou firme novamente, esperou que Nikolay viesse e, quando o fez, foi trabalhar. Ele o derrubou como uma porra de uma árvore, com golpes em ambos os lados da cabeça, mas também chute após chute na coxa machucada. James podia vê-lo machucado, mas ele continuou vindo. Continuava dando socos, mas erravam. James estava batendo.

Nikolay se agachou, olhou para James e disse, 'Bom lutador para um cara Abo. Fodido boceta preta, vamos, vamos. Acabe comigo se puder.'

James ferveu com os comentários racistas e correu para ele, Nikolay rapidamente o desviou, então o acertou com força nas costelas, exatamente onde ele o havia atingido antes. Acertou uma costela e ele caiu por um segundo, procurando a faca.

Nikolay estava em pé e se foi, mancando, meio correndo, se foi. James ficou chocado mais do que tudo; o cara parecia que era imparável. Como se ele tivesse uma loucura nele, mas era isso. Perdido. Ele olhou para a casa de onde havia saído, se perguntou se deveria entrar. Ver o que diabos estava acontecendo. A garota do carro velho tinha entrado lá. Ele esperou, foi e sentou-se em cima do muro. Ele estava exausto, a luta tinha sido brutal, mais brutal do que nunca dentro ou fora de um ringue.

CAPÍTULO VINTE E SETE

A comida chegou, depois o café, e Tanya ficou em silêncio enquanto comia e tomava o café. Cash podia ver a luz voltando para ela. Quando ela terminou, ela disse, 'Quem é você? Por que... hum... você está aqui por minha causa?'

'Eu te disse, seu pai me contratou.'

'Não posso voltar.'

'O que aconteceu?'

'Tudo foi ótimo por um tempo, muito tempo na verdade. Dançar no clube era divertido. Peter era um pouco chato, mas ele parecia ter boas intenções, então tudo se complicou. Angie me disse que estava apaixonada por mim. Billy Hassan não me deixava em paz. Quero dizer, ele era louco, me ligando constantemente o tempo todo, possessivo, ciumento e algumas vezes, eu não queria fazer isso com ele. Ele não me forçou fisicamente exatamente, mas eu não tive escolha e isso trouxe de volta. Eu e o meu pai.'

'O que aconteceu com seu pai?'

'Ah, nada com ele. Foi o irmão dele, meu tio—ele, hum, ele abusou de mim. Sexualmente, não violentamente, mas truques... ele usou truques, eu acho. Não sei por que estou contando, mas acho que é porque não quero voltar para toda essa merda. E parece que você é o tipo de cara que poderia me obrigar.'

'Seu pai *não* acreditou em você?'

'Não, ele acreditou em mim, mas não me deixou contar a ninguém. Ele amava seu irmão. Ainda ama. Não o quer—ah, a possibilidade de ele ir para a cadeia, talvez. Isso não poderia acontecer em seu mundo. O trabalho dele. O que as pessoas pensariam dele.'

'Eu não vou fazer você voltar. Mas você pode ligar para o seu pai, para mim? Basta dizer, 'Oi, pai, estou bem. Estou com Carter agora. Só isso, nada mais.'

'Tudo bem, eu vou fazer isso, mas e depois?'

'Você sabe com quem é bom conversar?'

'Não.'

'Minha namorada Aimee, ela é tão boa para conversar. Ela não é muito mais velha que você. Ela trabalhava como garçonete até alguns dias atrás. Ela diz que quer morar comigo, o que significa que seu apartamento estará vazio. Ela mora em Newtown agora. Talvez se você conversar com ela, sair um pouco com ela até que as coisas se acalmem novamente. Então talvez... não sei. Estou pensando rápido, mas acho que você não pode ficar sozinha. Não acho que isso seja bom.'

'Hmmm. Posso tomar outro café?'

'Sim, claro.'

Ela bebeu o café, parecia louca por um cigarro; Cash estava. Ela terminou, fora de seu transe agora, talvez não mais chapada.

Ele disse, 'Meu primo morreu não faz muito tempo. Pode ter sido minha culpa. Tenho negócios a tratar com minha família em Dubbo. Você pode voltar, fique com Aimee. Não vou contar a ninguém que você está lá, mas você tem que ligar para o seu pai. Dessa forma, meu trabalho está feito.'

'Posso usar seu celular?'

'Você não tem um—'

'Eu tenho um, mas não consigo descobrir como esconder o número ao ligar.'

'Aqui,' disse ele, entregando-o a ela.

Ela saiu.

Ele confiava nela.

Ela voltou alguns minutos depois. Disse, 'Feito.'

Ele checou o celular quando ela o devolveu. Viu o registro de chamadas para Doug Lever. Uma chamada com duração de quatro minutos e trinta e oito segundos.

'Você pode vir comigo ou continuar. Você decide.'

Ela ficou sentada por alguns minutos, sem dizer nada. Ele a observou, o rosto dela passando por uma gama de emoções antes de ela dizer, 'Eu vou continuar.'

'Certo. Tem certeza disso?'

'Sim.'

'Você precisa de algum dinheiro?'

'Não. Consegui a maioria das drogas e bebidas de graça. Billy Hassan pagou quando saímos. Angie também. Peter sempre cozinhava, não pedia dinheiro para a mercearia. Tenho dinheiro para um ou dois meses.'

'Posso perguntar quem lhe dava a heroína?'

'Angie, isso era coisa dela.'

'Coisa dela?'

'Ela queria que eu dependesse dela. Eu posso ver isso agora. Peter também. Billy estava, por algum motivo, obcecado por mim. Há um ano, eu era o patinho feio.'

'Onde você irá?'

'Ultra secreto.'

'O carro que você está dirigindo?'

'Pertence a Paul. Ele deixa no litoral para as festas de fim de semana. Vou deixar em algum lugar.'

'Você está planejando sair—'

'Sem mais perguntas, por favor. Eu fiz o que você pediu. Meu pai sabe que estou bem.'

'Eu tenho que ir. Boa sorte.'

'Obrigada, você foi decente comigo.'

'Por nada.'

Foi assim que aconteceu. Eles saíram juntos para o carro de propriedade de Paul. Eles não conversaram. Ela entrou no carro e ele a observou dirigir noite adentro. Parecia uma eternidade desde que ele recebera o telefonema de Doug Lever, uma vida perdida no meio, mas ele havia feito seu trabalho. Lever sabia que sua filha estava viva, mas Cash tinha dúvidas de que a veria novamente, dúvidas também sobre a força de Tanya para sobreviver, mas ele tinha visto coisas mais maravilhosas em sua vida. Ele desejou-lhe apenas o melhor.

Ele entrou no carro. Enviou um texto para Doug Lever, trabalho concluído.

Não houve resposta.

———

Gina encontrou Adam e Hathai na cozinha, bebendo chá, queimando incenso. Ela a viu de perto. Ela era como Adam disse que ela era, surpreendentemente bonita. Ela disse a ela, 'Oi, eu sou Gina.'

'Você está bem Gina? Seus olhos estão vermelhos, você parece—'

'Estou chapada, mas saindo agora, me sentindo mais reta.'

'Oh.'

Ela olhou para Adam e disse, 'Vocês dois foram para a cama.'

'Sim.'

Hathai perguntou a ela, 'Você está chateada?'

'Não mesmo. Não sobre o sexo, mais sobre as mentiras e o engano.'

Adam disse, 'Sinto muito, algo me venceu.'

'Ela *é* muito bonita,' disse Gina. Ela olhou para Hathai. 'Você é muito bonita.'

'Você gostaria de um pouco de chá?' Hathai perguntou e se aproximou dela, acariciou seus cabelos e disse, 'Você também é linda.'

CAPÍTULO VINTE E OITO

CASH SENTOU-SE NA COZINHA DE SUA CASA EM Erskineville e disse a Aimee, 'Acho que ela estava planejando deixar o país.'

'Mas ela estava indo para o norte.'

'Sim, eu sei, mas há aeroportos na Gold Coast, em Brisbane. Darwin se ela estava falando sério.'

'Como ela era?'

'A primeira coisa que me impressionou foi como ela era simples, mas eu também podia ver, se ela se arrumasse, como ela poderia ser bonita.'

'É um dos trabalhos mais estranhos que você já teve, eu acho.'

'Sim, foi estranho.'

———

Na manhã seguinte, Cash dirigiu até Glebe, foi até a porta da frente da casa compartilhada onde Adam e Gina moravam. Bateu à porta. Adam, com os olhos turvos, abriu a porta. Cash disse, 'Precisamos conversar.'

'Oh, merda, Jesus, agora não, ei—'

Cash empurrou-o no peito e disse, 'Para dentro, *agora.*'

Adam cansado e um pouco chapado, obedeceu. Sentaram-se na cozinha e Cash perguntou, 'Você está drogado ou só maconha?'

'Erva.'

'Certo, você vai entender isso, então. Seu pai me contratou para segui-lo porque você está usando heroína e lidando com Billy Hassan. Caso você não saiba, seu amigo Nikolay trabalha para Hassan. Seu pai é o policial chefe de uma unidade especializada que lida com escórias como Hassan e Nikolay, esperando impedi-los.'

'Ei, eu estou apenas...'

Cash ergueu a mão e disse, 'Ouça.' Ele fez uma breve pausa. 'Esses caras são jogadores sérios, Adam, perigosos ao extremo. Violentos como você não acreditaria. Nikolay tem contado histórias para você? Parece filme, cara, mas é verdade. Ele é um criminoso cruel. E se ele descobrir o que seu pai faz, então ele é seu dono. Você entende?'

'Sim, eu realmente terminei com Nikolay.'

'Sim, sim, você só lida com a garota trans tailandesa agora, hein?'

'Você sabe sobre ela?'

'Meu amigo o seguiu até a casa dela, onde viu uma garota que mais tarde disse a ele que era Gina entrando na casa. Minha namorada viu você ir lá também.'

'Eu sei o que estou fazendo.'

'Cara, você não sabe o que está fazendo. Pense, esta é *toda a sua* vida e a de Gina também.'

Adam olhou fixamente para ele, Cash disse, 'É isso aí, cara, use seu cérebro.'

Então, Adam atordoado e confuso, estava prestes a ligar para seu pai quando Wu, o repórter do *The Star* ligou.

'Ei, Wu.'

'Ouça Carter, recebi más notícias, o jornal não vai publicar a história sobre a conexão de Abbott e Hassan.'

'Por que não?'

'Abbot esteve no rádio esta manhã com seu amigo disc jockey de direita favorito, Mal Landers, dizendo que *The Star* está fazendo uma campanha contra ele há anos e que Hassan estava em sua casa em Paddington tentando extorquir dinheiro dele.'

'Ele é um babaca, o Abbott. Mas eu entendo, companheiro.'

'Eu não vou desistir dele.'

'Sem problemas. Deixe-me saber se posso ajudar.'

'Obrigado, Cash. Mas posso dizer que vou investigar Blake Andrews e suas conexões com Hassan.'

'Essa é uma boa notícia, companheiro. Pegue os dois, se puder.'

Carter ligou para Steele e disse que havia feito tudo o que podia com Adam. Que não havia perigo imediato, mas estava chegando. Se o garoto viciasse, a chantagem era certa se Nikolay descobrisse quem era seu pai.

Steele concordou, agradeceu, pensou que talvez fosse hora de ele se envolver antes que ocorresse uma tragédia.

'Você é o pai dele, mas acho que você me envolveu porque ele não te escuta.'

'Algo parecido. Ele parou de prestar atenção há muito tempo.'

'Eu entendo e a garota trans tailandesa é assustadoramente bonita. Uma sedutora.'

Steele ignorou isso e disse, 'Achei que o jovem James Roach poderia continuar trabalhando para você.'

'Como assim?'

'Recebi a notícia cerca de meia hora atrás. Hassan foi morto a tiros na Darlinghurst, do lado de fora de seu clube de striptease.'

'Acho que Wu do *The Star* ainda não ouviu isso, mas provavelmente mata qualquer história sobre Hassan e Blake Andrews.'

'Soube que seu amigo russo, Nikolay, já se mudou para o escritório de Hassan no clube de strip.'

'Talvez ele esteja cansado de trabalhar nas esquinas das ruas.'

'Eles geralmente são mortos ou sobem,' disse Steele.

'Sim, o rei está morto. Vida longa ao rei.'

'Gostaria que você voltasse a trabalhar na Procuradoria.'

'Vou pensar sobre isso.'

———

Tudo na costa sul tinha sido uma perda de tempo. Possivelmente planejado por Angie. Tanya disse a ele que era ela quem fornecia heroína para ela. Ela tinha falado besteira sobre quase tudo e Cash tinha sido enganado.

Todos os amigos de Tanya não eram amigos de verdade.

Natureza humana. Cash nunca poderia descobrir isso. Ele só podia seguir em frente.

Caro leitor,

Esperamos que você tenha gostado de ler *Cidade do Medo*. Reserve um momento para deixar uma crítica, mesmo que curta. A sua opinião é importante para nós.

Atenciosamente,

Sean O'Leary e Next Chapter Team

AGRADECIMENTOS

Obrigado à Next Chapter Publishers por me dar uma plataforma para minhas coleções de contos, novelas e romances. Eu certamente não deixo de considerar isso. Obrigado a todos que já compraram um dos meus livros ou mesmo que apenas leram um dos meus contos online ou em uma antologia ou revista literária. Há muito mais por vir.

SOBRE O AUTOR

Sean O'Leary é um escritor de Melbourne, Austrália. Ele publicou duas coleções de contos literários, *My Town* e *Walking*. Seu romance literário *Drifting* foi vencedor do 'The Great Novella Search 2016' e publicada em 2017. Ele autopublicou *'The Heat'* sua novela policial ambientada em Darwin e Bangkok em 2019. *Drifting* e *The Heat* serão republicados pelo Next Chapter em um futuro próximo. Sua coleção de ficção policial *Wonderland* foi recentemente publicada pelo pessoal da Close to the Bone Publishing no Reino Unido. Seu romance policial *Going All the Way* e a coleção de contos *Tokyo Jazz & Other Stories* foram publicados recentemente pelo Next Chapter. Atualmente, ele está trabalhando na terceira parte da série Carter Thompson e em contos em andamento o tempo todo.

Ele gosta de andar por toda a face da terra, tirar fotos como um louco, viajar sempre que pode, torce pelo Melbourne Football Club (uma sentença de prisão perpétua), adora arte, é louco por filmes e escreve como um demônio.

Cidade do Medo
ISBN: 978-4-82416-972-3
Livro de Bolso

Publicado por
Next Chapter
2-5-6 SANNO
SANNO BRIDGE
143-0023 Ota-Ku, Tokyo
+818035793528

22 fevereiro 2023

www.ingramcontent.com/pod-product-compliance
Lightning Source LLC
LaVergne TN
LVHW031430170726
843492LV00010B/2942